거짓말의 탄생
정한용 시집

문학동네시인선 078 정한용

거짓말의 탄생

시인의 말

여섯번째 시집이다.
거친 언어 중에 당신 정곡에 닿을 말
하나 있음 좋겠다.

2015년 초겨울
정한용

차례

1

서 있는 사람

봄비가 내린다. 어제 환하던 햇살이 오늘은 물보라로 바뀌어 흩어진다. 내일이면 연둣빛 나뭇잎들이 초록의 계절로 들어설 것이다. 당신, 빗속 걷기를 좋아하는가. 누군가 맨몸으로 비를 맞으며 총총 뛰어간다면, 나는 얼른 쫓아가 손이라도 잡아보고 싶어진다. 지난번엔 정말 그런 적이 있다. 옛 애인처럼 보이는 낯선 여자였을 것이다. 흰색 블라우스에 검은색 스커트를 입었을 것이다. 카페 앞 가로수길이었을 것이다. 내가 손을 잡자, 그는 걸음을 멈추고 돌아보았다. 당황한 듯, 아니 황당한 듯, 서로 한참 아무 말도 하지 않았다. 그렇게 30초쯤 서 있었다. 그 짧은 순간이 지난 30년 세월과 겹쳐졌다. 그리고 내가 돌아섰을 때, 그는 못 박힌 듯 그대로 서 있었다. 다음날, 비 그치고 햇살 났을 때, 나는 보았다, 그가 그 자리에 여전히 서 있는 것을. 그 머리카락 끝에 매달린 잎사귀들이 더 푸르고 환하게 반짝이고 있었다.

디아스포라

아침에 출근하는 차에서 나타샤 아틀라스의 〈디아스포라 Diaspora〉를 들었다. 이게 화근이었다. 끈적끈적하면서도 슬픈 이 노래는 내 몸을 하나씩 지우기 시작했다. 제일 먼 저 내 왼손이 없어졌다. 지우개로 지우듯 손가락 끝부터 흐 릿한 자국만 남기고 사라져갔다. 나는 망연히 그 끔찍한 장 면을 공포에 싸인 채 바라보았다. 이어 두 다리가 발끝부터 물처럼 녹아버리고, 헐렁한 바짓가랑이가 늘어졌다. 차 안 에는 나타샤의 음악 소리만 파도처럼 일렁였다. 회사에 도 착했을 때쯤에는, 목소리 외엔 아무것도 남지 않았다. 주차 장에 겨우 차를 대고, 허둥거리며 나는, 소리의 흔적을 따라 사무실로 들어갔다.

그곳에 가고 싶다

어제 나사(NASA)에서 생명체가 존재할 가능성이 높은 별 세 개를 발표했다. 새삼스러울 것도 없는 그것을 뭐 대단하다고, 나는 적잖이 불쾌했다. 가장 가까운 별 '케플러-62f'는 내 불알친구가 주인이기 때문이다. 40 초반에 직장 그만두고 몇 년 정착할 곳을 찾다 거기로 갔다. 1200 광년이나 되니 만나기 좀 어려워지긴 했지만, 그래도 작년 봄에 큰맘 먹고 다녀왔다. 산중턱 계곡에 작은 집 짓고 소박하게 농사 거두며 살고 있었다. 우리는 나물전을 부쳐 막걸리를 마셨다. 내가, 외롭기도 하겠다, 했지만 그는 짐짓 모른 척했다. 나도 더 말하지 않았다. 그렇게 다시 일 년 지나도록 소식 없더니, 어제 문자가 왔다. 올봄에도 산나물이 지천이니 쇠기 전에 다녀가라는 전갈이다. 오늘은 대낮에도 별이 바람에 스치운다.

태양이 머무는 곳

여름이 끝날 무렵 아치스에 갔습니다. 햇살은 무방비로 내리꽂혀 피부를 뚫는데, 바람이 건조하고 서늘하여 견딜 만했습니다. 델리키트 아치를 지나 '악마의 정원'으로 접어든 뒤, 나는 에드워드 애비가 초청장에 적은 길을 따라 약속 장소로 갔습니다. 붉은 바위 사이 소로를 따라 두 시간은 족히 걷고 나서야 무덤에 닿았습니다. 그는 자신의 묘비에 'No Comment'라고 새기고 있었습니다. 도마뱀이 머물던 향나무 그늘에 앉아 그 무심한 작업을 오래오래 지켜보았습니다. 내가 물통을 건네자, 그가 술은 없냐고 물었습니다. 그럴 줄 알고 준비해간 코냑을 배낭에서 꺼내, 나란히 한 모금씩 나눠 마셨습니다. 지나가던 사막 토끼에게도 한 잔 주었습니다. 외롭지 않냐고 물었습니다. 그는 혼자 놀기의 명수라 괜찮다고 했습니다.

핸드폰 도둑

핸드폰을 잃어버린, 술에 젖어 있던 그 혼돈의 순간을, 밥풀처럼 떠오르는 작은 무의식 조각들을 꿰맞춰, 재구성해보았다. 강남에서 마시고 술집을 나설 때까지는 분명 손에 전화가 있었다. (나중에 안 일이지만, 누군가 그 광란의 장면을 캡처했다.) 전화기가 없어졌다는 것을 안 것은, 택시에서 내리면서 요금을 내려고 주머니를 뒤졌을 때였다. 그러니까 가장 유력한 분실 장소는 택시 안이다. 하지만 내리기 전, 곳곳을 둘러보았지만 찾지 못했다. 그렇다면?

한 열흘쯤 지나, 내 옆에 손님이 하나 더 합승했다는 것을 기억해냈다. 그는 프란츠 파농이었다. 술 때문에 건강을 버렸고, 요즘 한국 의료 수준이 좋다 해서 관광차 왔다는, 그런 얘기를 들은 것도 생각났다. (얼굴은 초췌했지만, 눈빛만은 어둠 속에서도 날카로웠다.) 그가 내 주머니를 슬쩍한 것이 분명했다. 내 흰색 아이폰이 그에게 질투와 증오를 불러왔을까. 지금 그는 어디 있을까. 그자의 행방에 대한 단서라도 건질까, 『검은 피부, 하얀 가면』을 꺼내 읽는다.

보르헤스 추억

　보르헤스가 세상을 뜨기 전, 그러니까 1980년대 초반, 내가 군대에 있었을 때였는데요. 그의 문학에 매료된 나는 용감하게도 아르헨티나로 편지를 보낸 적이 있지요. 당신의 소설은 마치 '시' 같다, 서사와 상상의 울림이 새로운 세계를 보여준다, 등등, 칭찬을 하고 나서, 나의 시집『유령들』을 당신이 근무하는 '바벨의 도서관'에 기증하고 싶다, 뭐 대충 이런 내용이었습니다. 전혀 기대하지도 않았는데, 그로부터 국제우편 답장이 왔고, 이것 때문에 한 열흘은 마음이 들떠 있었는데요. (아마도 앞을 못 보는 그를 대신해 비서가 보낸 것인지도 모르겠지만요.) 답장의 내용은 단 석 줄이었습니다. 지금도 정확하게 기억하고 있죠. "당신 시집 기증에 감사한다./ 우리 도서관에 백 년 동안만 보관하겠다./ 그다음에는 다시 찾아가기 바란다."

새우깡

　대부도—자월도 사이에는 새들이 산다. 오가는 뱃길 내내 따라오더니, 그중 몇은 낯이 익었다. 집에 돌아와 노곤한 몸으로 TV 드라마 〈최고다 이순신〉을 보다 깜빡 잠이 들었는데, 카톡 소리에 잠을 깼다. 낮에 본 새, 바다로 직하하던 갈매기였다. "몇이 모여 새우깡에 소주 한잔하는 중이니 건너오시라." 잠시 망설이다 답을 보냈다. "몸 버리기 전에 좋은 안주 좀 챙겨 드시라."

　새를 이해하기 전, 그 어둡던 시절에 새우깡에 깡소주를 붓곤 했다. 콩나물국이라도 얹으면 더없는 호사였다. 새우와 콩나물이 맑은 술과 어울려 빛나는 현상을 그들의 언어로 '현현'이라 불렀다. 그 유식하고 어려운 말을 한번 되뇔 때마다, 시간은 일 세기가 흐르고, 우리 사이는 일 광년씩 멀어졌다. 오늘은 모처럼 새가 된 우리가 질문 없는 울음을 울었던 것이다. 더 비우자 했던 것이다.

굿 잡

바라나시 거리를 거닐다 갑자기 그가 무릎을 꿇었다는 이
야기는 사실과 다르다. 어느 날 아침 차이를 마시다 오랜 방
황을 끝냈다는 말도 와전된 스토리이다. 그는 한때 지독하
게 가난했고, 신비주의에 빠지기도 했다. 그리고 그저 돈을
좀 벌고 싶어, 여벌로 잠깐 머리를 굴렸을 뿐이다. 그렇게
iPod을 만들었고, 뜻밖에 성공을 거두자 iPhone을 만들었
고, 그게 먹히니까 iPad를 만들었다.

췌장암으로 죽은 뒤에도 그는 고민했다. 어떻게 하면 계
속 사람들을 중독시키지? 저 건너에서 그대들이 날 여전
히 기다릴 테니까, 그리고 세상은 우연과 필연으로 나뉘는
게 아니니까. 그래서 나온 게 iWatch였고, 그게 성공해서
iHouse를 만들었고, 그게 또 성공하자 iCity까지 만들었다.
결핍은 충동을 낳고, 충동은 전염을 낳고, 전염은 다시 환상
을 낳았다. 결국은 미완의 자식들이 길거리를 가득 메웠다.

그가 죽은 후 강산이 바뀌었지만, 그는 멈추지 않았다. 절
대의 사물 혹은 존재인 iThing을 만들었고, 그게 성공해서
iUniverse를 만들었다. 이 모든 게 하느님 보시기에 참 좋았
다, 하지만 옳고 그름을 판단하기에는 빛과 어둠이 더 필요
했다. 더 밀어붙였다. 최근작은 iGod, 이 혁신의 정수에 이
어질 작품은 iDevil, 다만 이건 수율이 낮아 만들기 좀 까다
롭다고 엄살을 부리고 있다.

움직이지 않는 사람에 대한 다섯 가지 해석

흙먼지가 지나가고
흰 소와 검은 소가 천천히 지나가고
한 독일 여성이 20루피를 던지고 지나가고
차이 냄새가 스치듯 지나가고
정신없이 울리던 차량 경적 소리 사이로 짧은 침묵이 지나가고
그 틈에 끼어 내가 지나가는 사이

그는 고요하다.
눈도 깜박이지 않고 가부좌를 튼 채 오래 앉아 있다.

1) 그는 죽은 것. 천년 전에 굳어 바람의 화석이 된 것. 몸속에 온갖 번뇌와 욕망이 쌓여 단단한 사리로 채워진 것. 침묵만이 배고픔을 휘젓고 살아 있음을 확인해주는 것. 그래서 껍질을 살짝 건드리면 포르르 먼지가 되어 가라앉는 것.

2) 지나가는 것들을 볼 때마다 몸을 말려 이제
   얼굴이 종이처럼 희고 뼈조차 활처럼 휜다.

3) 숫자를 센다. 0에서 출발해 우주를 한 바퀴 돌고, 그는 다시 돌아오는 중이다. 그가 결국 닿은 곳은 텅 빈 곳. 고양이 울음 같은 곳. 불길에 몸을 태우고 한줌의 재를 강물에 뿌리면, 새벽안개가 다시 거둬주는 곳. 반환점을 돌았으니

다시 오래 더 앉아 있어야 한다.

4) 몸을 두고 생각을 날려 보낸다.
아스라이 설산이 보인다.
거기에 우리 약속이 새겨져 있다.

5) 두려움일 것이다. 그는 어제도 굶고 오늘도 굶고 내일도 굶는다.

기쁨일 것이다. 그는 지금 지우개로 자신을 지우는 중이다.

한없이 갈라지는 시간의 틈에 대하여

콜로라도 서북쪽 헤이든 근처 시골 카펜터랜치에 머물 때 이야깁니다. 해 넘어가는 저녁 여섯시 반부터 어스름이 덮기 전까지의 30분 정도, 혼자 들길을 걷는 시간입니다. 낮게 누운 능선을 밑에 두고 노을이 유황빛으로 불타오를 때, 꼭 그때라야만 가능했습니다. 색은 천천히 홍적을 지나 녹청에 온몸을 비우고 어두워집니다. 그때 새가 날듯 별들이 후드득 몸을 털고 일어납니다. 나는 그 시간을, 너무나 짧아잘 볼 수도 없는 그 변신의 순간을, 영원히 쪼개 늘리는 법을 알아냈던 것입니다. 해가 산마루를 넘는 순간, 빛이 굽어져 산허리를 지나, 한 가닥은 하늘로 뻗치고, 또 한 가닥은 땅으로 기어오는 때 말입니다. 그 갈라진 틈에 내 몸을 샌드위치처럼 끼워넣고, 둥근 자락을 풀무처럼 슬며시 당기거나 밀면 됩니다. 그러면 시간은 자꾸 갈라져서, 한 사람의 기억과 한 인류의 역사를 지나가며, 한때 사라졌던 모든 기록들을 불러오는 것입니다. 모든 시간의 사이에는 지독한 냄새가 있다는 것을, 혹은 마음을 휘는 음모가 있다는 것을, 불확정성의 이론을 빌려 설명할 수도 있겠습니다. 하지만, 생의 미궁이 바로 틈새라는 것을 잊지 않는다면, 밤새가 끼룩 자리를 뜨는 것쯤은, 용서할 수 있습니다. 모든 불완전한 것들을 사랑할 수밖에 없다는 것쯤은, 받아들일 수 있습니다.

뿌리

풀의 끝은 어디인가.
여린 잎을 보고 뿌리도 세 치다 판단 마시라.
저 산과 들의 휘황한 푸름을 보라.
카펜터랜치 앞 목초지를 덮은 노란 건초들을 보라.
정원에 죽은 척 엎드린 민들레를 보라.

이름도 없는 사막 풀은 뿌리가 천 리
집 뜰 망초 넝쿨도 그 허방을 짚을 길 없어
벼르고 벼른 볕바른 날,
나는 뿌리 끝이 궁금했다, 의심스러웠다,
그 문을 열고 싶었다.

석 달 열흘 땅을 팠다.
처음엔 지렁이와 조약돌과 버드나무 뿌리를 만났다.
그 아래, 어둠이 깊어지면서
석탄과 삼엽충과 충적세의 붉은 돌을 만났다.
그리고, 그 아래, 흙의 중심부.

뿌리의 끝은 고요에 닿아 있었다.
적요의 세계.
그곳은 침묵이 일구어낸 영혼의 집이었으며
이름 불러도 대답 없는 메아리들의 집회 장소였다.
풀은 길고 질기다.

사라진다

덜컹, 미처 알아채기도 전
아스팔트가 온 힘을 다해 차를 공중으로 밀어올린다.
차는 부르르 진저리를 치고 허공에서 멈춘다.
이어 주인 몸을 꽉 껴안은 채
오체투지로 땅에 꽂혀 아예 납작 엎드린다.
순식간의 일이다.
아스팔트 아래 잔뜩 웅크렸던 어둠이 화들짝 깨어나고
아침 햇살이 길바닥에
와르르 쏟아진다.

이렇게 끝나면 안 되지.
회사에 가서 씨발씨발 할 일이 얼마나 많은데
아직 애새끼들도 삐약삐약 내 모가지를 잡고 있는데
연극은 겨우 3막밖에 안 지났고
마라톤은 인생의 반환점을 막 돌았는데
그냥 느리게 살라는 경고겠지.
지금 이 몸은 저녁 동창회에 갈까 말까 고민하는 중이시고
내일은 블링블링 애인에게 선물도 줘야 해.
그리고

허공에 매달린 채
끝내야 할 생의 과제들을 가늠해본다.
이 시대 '피로사회'에 숨은 음모의 뿌리를 더 캐보기

봄날 꽃잎이 정말 초속 5센티미터로 날리는지 재보기
철탑에 올라간 이들을 위해 기도하기
풀잎 언어 사전에 단어 몇 개 더 채워 마무리하기
코타키나발루에 가서 툰구압둘라만 해상국립공원 둘러보기
죽은 새를 내 무덤 곁에 묻어주기
아, 나는 거기 없겠지만.

돈다닝께

리처드 도킨스만큼이나 유명한 과학철학자 마이클 셔머가 땀을 닦으며 강연을 끝냈다. 끝판에 그가 던진 말이 너무나 도발적이어서 사람들은 입을 다물지 못했다. 음모론일지도 몰라. 일종의 가설이라고 한발 빼긴 했지만, 결론은 한마디, 돈이 돈다는 것이었다. 이걸 누가 몰라, 좆도, 돌고 도닝께 돈이지. 허나, 그 회의주의자의 말씀은, 인식의 저 광대한 지평으로 우리를 데려간다. 돈에는 진짜 바퀴처럼 생긴 발이 달렸다는 것, 그래서 못 가는 데 없이 나댕긴다는 것이다.

하지만, 나는 이미 오래전에 꿰고 있었다. 우리 엄니가 보따리 장사로 시골 마을을 누비실 때, 늦저녁 돈 대신 곡식을 한 짐 이고 돌아오실 때, 그 철길 위로 굴러가던 엄청난 바퀴를 보았다. 어두워 색깔은 구별이 되지 않았지만, 지름이 2천 미터에, 시속 3천 킬로미터로 달리는 무시무시한 발을 보았다. 손을 들어 히치하이킹 신호를 보내도, 그것은 우리를 무시한 채 쌩 달아나곤 했다. 그러니까 가난은 우리의 슬픈 장난감이었고, 내가 보듬어야 할 유일한 자산이었다.

그 시절에 비하면 요즘 신권 지폐에 달린 바퀴는 아주 보잘것없어졌다. 셔머의 주장에 의하면, 집진드기 발보다 작다고, 맨눈으로는 안 보인다고 한다. 불확정성의 원리라고? 시방 그거이 무신 소리여. 정말 좆같은 것 아녀? 삶이 즐겁고 배 따신 양반에게 돈은 회전목마처럼 구르고 굴러 거대

한 바퀴가 된다. 늘 쫓기는 놈에게 그것은 늙은 엄니 젖통
처럼 쪼그라들어 덜컹거린다. 이것을 공식화한 것이 셔머의
법칙인바, 잘 이해 안 되는 분은 페북이나 카톡으로 질문 주
시기 바란다.

거식증

아무래도 책을 끊어야겠다. 이해가 안 가시겠지만, 책을 읽을 때마다 몸이 붓는다. 달포 새 5킬로그램쯤 늘었다면, 비정상이긴 해도, 뭐 그럴 수도 있겠다. 하지만 백 근 나가던 몸무게가 1년 만에 이백 근에 근접한다는 건, 황당하기 그지없는 일이다. 이게 다 지난 열두 달 동안 멋모르고 먹어치운 책들 때문이다.

짐작하시겠지만, 가장 가벼운 건 여행 서적이다. 참살이 채식 같다. 살이 안 찐다. 딱딱하고 무거운 『그라마톨로지』를 읽었을 땐 3.2킬로그램이나 쪘다. 맛도 없는 걸 꾸역꾸역 참았다. 『통섭』 마지막 장을 넘겼을 땐 무려 4.5킬로그램이나 늘었다. 아주 질기고 팍팍했다. 다이어트용으로 가볍게 봤던 『하자르 사전』에도 0.5킬로그램이나 올랐다.

책을 끊어야겠다. 일절 곡기를 끊고 공복에 비타민과 뒷산 약수만 삼켜야 하겠다. 내리 3년은 단식 요양에 들어야겠다. 그러면 불쌍한 나를 가엾이 여겨, '대한거식증환우회'에서 나를 단골 나주집으로 불러내리라. 식탁에 백과사전만큼 두꺼운 삼겹살과 세계문학전집만큼 긴 소주병을 차려놓고 나를 기다리리라.

에볼라

우리 집 맞은 편 빵집 '그린트리'에 간다,
잡곡빵 주세요, 어머 포인트가 만 칠천 점이예요,
신선한 빵을 공짜로 먹는다.

우리가 일한 곳은 천막 간이병원이었어요. 건기라서 한낮
에는 찌는 듯 더웠죠. 우리보다 환자들이 고통스러웠을 거
예요. 굶주림을 달랠 빵도, 마실 물도 부족했거든요. 그래
도 우린 최선을 다했어요. 낮엔 햇빛 가리개를 치고, 밤에는
이불을 덮어 따뜻하게 살폈죠. 보호복을 입고 매시간 교대
로 근무했는데, 환자를 돌보다보면 종종 시간을 잊곤 했죠.
밖에서 숨은 신께서, 시간 다 됐어, 하면 그때서야 깜짝 놀
라 나가곤 했어요.*

좋든 싫든
우리는 모두 하나씩 잊힌 이름이 되어 암흑우주 속에
섞일 것이다, 잡곡빵을 썹으며 이번엔
라면과 계란을 사러간다.

* 에볼라 치료 캠프 자원봉사자의 진술, 문장을 약간 축약했다.

2

나주집에서의 만남

20년 후의 나로부터 만나자는 문자가 왔다.
20년 전의 나를 데리고 나가겠다고 답을 보냈다.
그렇게 우리는 만났다.
늙은 나주댁 아지매가 아직도 술상을 거들고 있었다.
십구공탄에 삼겹살을 구우며
어린 나는 빨간 딱지 진로소주를 마시고
지금의 나는 조껍데기 막걸리를 마시고
늙은 나는 이젠 술을 못한다고 콩나물국만 홀짝거렸다.

우리는 각자 가져온 기억을 꺼내 식탁에 올려놓았다.
아내와 아이들 이야기는 빼자고 했다.
서로 조금씩 의심의 눈초리를 보내긴 했지만
망각과 불안이 우리 생의 기본이 아니겠냐고 서로 위로
했다.
어린 나는 마르크스를 읽는다고 했다.
지금의 나는 여행 서적을 읽는다고 했다.
늙은 나는 책 같은 건 보지 않는다고 했다.
우리 담화는 애매모호하게 시작되었다.

삼겹살 불판을 두 번 갈고 소주잔과 막걸리잔이 섞이고
식은 콩나물국을 다시 데워 오는 사이
나는 가장 즐거웠던 시절이 언제인지 물었다.
어린 나는 원래 행복한 현재란 존재하지 않는다고 했다.

조금 건방지다 싶자 늙은 내가
현재란 과거의 심연이며 늘 새로운 탈로 위장하는 것이니
겨우겨우 인생은 견뎌가는 것이 아니겠냐고 했다.
그 순간 누군가 술잔을 엎었다.

이후 세 시간 동안 끊어진 필름 조각을 이어보면
어린 나는 '진실'과 '사실'의 차이를 아냐고 악을 써댔고
지금의 나는 우리 회사 이부장 '썩을 놈'이라고 욕을 해
댔고
늙은 나는 오래전 돌아가신 어머니 이야기를 자꾸 꺼냈다.
나주집 아지매가 결국 등을 밀어낸 것은 알겠는데
우리가 어떻게 헤어졌는지는 기억이 없다.
우리 중 누군가가, 다시 또 만나면 개새끼라고
꿈속에서인 듯 말한 것 같기도 하다.

아스팔트에 눌어붙은 남자

처음부터 그럴 의도는 아니었다.
잠시 누워보려던 것이 그렇게 되었다.
출근길이었고, 그는 아침으로 고등어조림을 먹었으며, 테
러분자 같은 제자들이 학교에서 그를 기다리고 있었다.
아스팔트는 밤공기를 머금어 서늘했다.
하지만 한없이 편했다.
가방과 신발은 가지런히 머리맡에 두었다.

처음 사람들은 짐승인 줄 알았다.
길바닥에 붙은 껌딱지나 로드킬로 죽은 고양이로 보기엔
너무 커서, 지리산 반달가슴곰이나 시베리아 호랑이로 착각
하는 이도 있었다.
다행히 차가 밀고 지나가지는 않았다.
건널목이었고 아직 새벽이었다.
그렇게 거기서 그는, 1년 열흘 동안 누워 있게 된다.

햇살을 받고 눈에 덮이고 비를 맞으면서 그는
조금씩 야위어진다.
조금씩 투명해진다.
조금씩 얇아진다.
달포쯤 지나자 수묵화처럼 바닥에 스며들어 그림자만 남
았지만
그는 죽은 게 아니었다.

오히려 눈빛은 빛나고, 목소리는 맑았다.

그에겐 '눌어붙은 존재(Fixed Being)', 약칭 FB라는 이름
이 붙었다.

천체물리학자 정새벽씨는 'FB를 에너지 자기장 이론으로
설명할 수 있다'고 했다.

설치미술가 김창재씨는 '도굴꾼들이 고구려 벽화를 뜯어
내듯 아스팔트를 잘라내 국립현대미술관에 전시하자'고 제
안했다.

생화학자 김진갑씨는 'FB는 언젠가 소멸될 것이므로 그대
로 두는 게 낫다'고 조언했다.

진화심리학자 김명은씨는 '이런 아노미 현상은 종교의 발
생과 흡사하다'고 말했다.

석 달 지나 그의 어록이 출판되자
그 책은 성서처럼 팔려나갔다.
FB 신도들이 급격히 늘었다.

일부 원리주의자들은 건널목 앞에 텐트를 치고 성전 건립
을 위한 모금함을 설치했다.

아이 없는 이들, UFO 추종자들, 청년 실업자들도 모여
들었다.

정치가들은 전경을 동원해 FB를 강제 철거하려 했고
전국 교회에서는 친FB파와 반FB파로 나뉘어 각각 대규모

성령기도회를 열었고

4대강 사업을 지지하는 보수파들은 FB 주변에 보를 설치
하겠다고 했다.

방송국에서는 〈FB 특집〉을 내보냈다.

FB의 어록 중에는 이런 구절이 있다.

나는 아무것도 아니다. (그의 사상의 핵심이다.)

나는 고등어조림을 요리할 줄 안다. (고등어 값이 치솟았
다.)

눈비가 와도 나는 지워지지 않는다. (가장 시적인 표현으
로 자주 인용된다.)

나 좀 내버려둬라. (해석이 분분하다.)

1년 열흘 뒤

사람들 관심이 다소 식은 어느 날,

FB는 이제 다시 학교에 가고 싶어졌다.

테러분자 같은 제자들이 아직도 기다리고 있을지 궁금해
졌다.

아직 새벽, 아무도 보지 않는 틈을 타, 그는 아스팔트에
서 빠져나왔다.

근육이 뻣뻣하게 굳었지만 그래도 걸을 만했다.

그리고 전과 다름없이 출근했다.

그와 동시에

컴퓨터 'Delete' 키를 누른 것처럼, 사람들 머릿속에서 FB
에 대한 기억 파일은 지워졌다.

건널목은 예전과 다름없이 평온하고

차가 씽씽 달렸으며

해가 떠올랐다.

풀잎의 노래

그녀 남편은 대기업 간부였다.
40 중반을 넘기지 못하고 퇴출되기 전까지는 잘나갔다.
장미 꽃잎 같던 삶이 한순간 가시덤불로 변했다.
삶이 그대를 속일지라도 노여워하지 말라 하지 않던가.
그녀는 남편 고향 마을로 과감히 낙향했다.
풀과 꽃과 나무를 좋아했으니까
까짓것 농사 한번 지어보자 단단히 결심했다.

첫해엔 버섯을 키웠다.
2년 만에 작파하고 더덕으로 바꾸었다.
3년 만에 갈아엎고 고랭지 배추로 바꾸었다.
수해로 몽땅 절단나자 오미자로 바꾸었다.
그녀가 가꾸던 밭들은 7년 만에 무성한 풀밭이 되었다.
잡초들은 무섭도록 끈질겼다.
그냥 둬도 잘 자랐다.

산중턱 밭둑에는 느티나무 한 그루가 있었다.
여름이면 그네를 달아 아이들을 태워주던 튼실한 가지에
이번엔 그녀의 목을 걸었다.
길고도 짧은 50평생이 주마등처럼 지나갔다.
농협에 진 빚과 잔고가 쥐꼬리만큼 남은 통장이 떠올랐다.
아직 어린 막내가 엄마를 찾는 것 같기도 했다.
풀잎의 노래가 들렸다.

숨이 멎기 직전에 그녀가 들은 건
소리의 떨림, 그러니까 노래가 틀림없었다.
노래는 풍선처럼 부풀어 부드럽게 온몸을 휘감아올리더니
풀과 꽃과 나무의 언어로 몸을 물들였다.
처음 듣는 외국어였지만 그것은 모국어처럼 따뜻하고 가
슴 벅찼다.
오랜 시간 그녀와 풀들은 많은 이야기를 나누었다.
그리고 마침내 돌아왔다.

이후의 이야기는 우리 모두 안다.
그녀는 풀잎 언어 통역사가 되었고(처음엔 아무도 믿지 않
았고)
풀잎의 노래를 불러 음반을 냈으며(골든디스크 상을 받았
고)
풀잎 세계에서 출판된 책을 번역했다(물론 베스트셀러가
되었다).
풀잎의 사회사를 연구하고 그것이 인간과 다르지 않다고
발표했다.
그리고 기념비적인 역작
이천오백 쪽짜리 풀잎 언어 사전을 펴냈다.

그녀는 아직 할 일이 많다.

— 식물과 인간의 싸움에서 우리 인간이 절대 이길 수 없으니
좀 겸손해지라 한다.
남은 생애를 그녀는 식물-인간의 중재자로 살고 싶다 한다.
산과 들에 나가면, 아니, 베란다에 있는 풀과 꽃을 보면
헤드폰 잭을 꽂듯 풀잎에 마음을 꽂으라 한다.
풀잎의 노래에 귀기울이라 한다.

—

지하 도시

지난겨울은 혹독했다.
구제역에 조류독감까지 겹쳤다.
소 15만, 돼지 3백만, 닭 5백만 마리가 매장당했다.
그런데 그게 끝이 아니었다.
(위키리크스가 밝힌 국정원 기밀문서 Kr.2011-36에 의하면)
사슴 2969, 반달곰 150, 호랑이 34, 일각수 12, 고래 8
심지어 티라노사우루스 2마리도 죽었다.

처음 지하로 들어간 동물들은
이게 다 숙명이고 업보라 여겼다.
살아남은 자들의 행복을 위해 목숨을 던졌다는 작은 기
쁨도 있었다.
그렇게 자기들끼리 거기서 살기로 했던 것이다.
그런데, 자꾸 밀려내려오는 것이었다. 수백 수천 수만
한두 달 지나자 거대 지하 도시가 발 디딜 틈도 없게 되
었다.
자연히 갈등이 생기고
갈등은 오해를 낳고 오해는 분열을 낳고 분열은 결국
과격분자를 낳았다.

지하 도시가 비좁아지자
동물들은 아래로 아래로 땅을 파내려갔다.
땅속의 세계는 새로운 페이지를 열어주었다.

—　나무와 나무는 뿌리를 통해 온 지구와 소통하고 있었고
석탄 석유 금을 캐어내 부자가 될 수도 있었다.
인간이 숨긴 고엽제와 핵폐기물을 이용해 무기 개발에도
착수했다.
지하 도시가 드디어 거대 제국으로 틀을 갖추었을 때
이젠 한판 붙어도
승산이 있겠다는 계산이 나왔다.

온건/급진 양 대표단의 열두 시간 마라톤협상 끝에
급진파가 주도권을 잡고 전쟁을 선포했다.
(구체적인 과정이 위키리스크 문건에 상세히 서술된 바
이지만)
그들은 징집령을 발동하고 조직을 정비했다.
수십억 개미들은 다이옥신을 바른 독화살을 만들었다.
두더지들은 여의도만한 참호를 5천 개나 팠다.
곰 호랑이 고래는 지상의 동족들에게 트위터로 동참을 촉
구했다.
티라노는 5억 년 전으로 파발을 띄웠다.

혹독했던 겨울이 끝나고, 평화롭던 봄도 지나고, 드디어,
분노의 여름
모월 모일, 새벽
안개에 섞여 아직 어둠이 가시기 전

—

땅이 흔들리는 바람에 사람들은 황급히 잠을 깼다.   —

처음엔 대지진이 덮친 줄 알았다.

허나, 그게 아니라는 걸 깨닫는 데는 시간이 걸리지 않
았다.

잠 깨지 못한 사람들은

그대로 영원히 잠들었다.

티라노 전문 요리사

청년 백수로 그는 10년을 보냈다.
깜깜한 시절이었다.
도서관과 고시원에 파묻혀 하루 20시간씩 매달렸지만
한 해에 52장의 이력서를 써 갈겼지만
세상 문은 열리지 않았다.

그는 이후, 부엉이바위에도 가고, 마포대교 교각 위에서
서성거리고
아파트 창문을 열고 15층 아래 화단을 내려다보기도 하고
영자가 '안녕' 한마디 던진 뒤 떠났을 땐
약국 스무 군데를 돌며 수면제 40알을 구했고
면벽 수도하듯 석 달에 걸쳐 한국전쟁 이후 신문을 모두
열람하기도 했다.

그래서 말이야, 내사 이제서 하는 말이지만서두, 들어보
거래이, 신문을 읽는데, 내 참, 그거이 지금도 분명히 기억
허는디, 1958년 4월 21일 대한일보 1면 하단에 쬐그맣게 난
기라, 티라노. 그때, 내 머릿속에 불이 확 켜진 기라, 기맥
힌 일이지. 손톱만한 사진도 났는데, 아마 아무도 기억 몬
할 끼라.

그는 티라노사우루스 전문 요리사가 된다.
월세 30만 원짜리 구멍가게로 시작한 식당은

입소문이 번지면서 대박이 터졌다.

5년 만에 수도권을 중심으로 스무 개의 분점을 낸 프랜차
이즈 사장이 된다.

이쯤에서 꼭 헐뜯는 자가 나오는 법

사람들은 궁시렁거렸다, 공룡을 어디서 잡아오는지.

지리산 뱀사골 뒤편에 공룡 목장을 몰래 숨겼다는 둥

스리랑카 타밀 반군이 불법 포획한 공룡을 암거래로 들
여온다는 둥

쥬라기 공원에서 탈출한 공룡들을 아이티 독재자가 외화
벌이로 밀매한다는 둥

하지만, 그건 영업상의 비밀이라고

절대 공개할 수 없다고, 그는 소문들을 일축해버렸다.

그거이 말야, 거개 참 묘하지라, 내 말을 아무도 못 믿을
거거든, 어디서 그걸 사육한단 말이요, 말도 안 되지, 도마
뱀을 잡아다 티라노 고기라고 속이는 것도 절대 아니여, 내
명예를 걸고 말씀드리지만, 그건 절대 아니여, 으잉, 내 말
믿으라닝께, 눈을 뻐딱하게 뜨고 세상을 삐뚜름허게 바라보
믄, 다 뵈는 법이여.

10년 뒤 그는 세상을 접수하기로 한다.

뉴욕, 파리, 동경, 뭄바이에 지역 거점 식당을 연다.

안젤리나 졸리와 오프라 윈프리를 초대하고 기념사진을 찍는다.

동물보호협회 회원들이 플래카드를 들고 시위하는 동안 티라노 걸개그림이 유럽과 북아메리카를 덮는다.

'티라노는 시대의 아이콘이에요' 섹시 모델이 TV에서 유혹한다.

그는 전문 요리사

해마다 4월 21일이면 새로운 메뉴를 발표한다.

미슐랭과 알자지라와 비비시와 시엔엔이 회견장 앞자리를 차지한다.

티라노를 갖고 그렇게 다양한 음식을 만들어내다니

미다스의 손이야,

그분이야말로 신의 제물을 만들 수 있는 위대한 손을 가졌어.

허긴, 자네도 내 화려한 과거를 믿지 못할 것이여, 다 그랬으니께, 한 가지 비밀을 알려주까, 내가 개발한 것 중에서 최고는 말여, 엑기스 말여, 잘 들으랑께, 이 잡것이, 비밀을 털어놓으시겠다는디, 잘 들어야, 티라노 간을 갈아서 티라노 발톱 삶은 물로 초를 친 다음, 요 대목이 중요혀, 다른 양념 일절 넣지 말고, 티라노 오줌에 쪄내는 거여, 내 작품 108번인데 말여

그는 오늘도 연구에 매진중

지금까지 삼천 가지 요리를 발표했는데

죽기 전까지 9999를 채우겠다고 일갈(一喝)하신 적이 있다.

유령 방송국

정PD가 생각해낸 것은 새로운 형식의 토크쇼였다.
〈위대한 탄생〉이나 〈나가수〉에서 힌트를 얻었다고 말은
안 했어도
그 속셈을 그 자신 빼고는 모두 눈치챘다.
일단 방송은 대성공이었다.
첫 회 시청률이 18퍼센트, 두번째는 무려 42퍼센트, 경이
로웠다.
매주 애달피 죽은 유령들이 나와, 살아 못다 한 이야기를
들려주자
남은 자들은 슬픔과 참회와 연민의 눈물을 흘렸다.

그가 처음부터 그렇게 재수가 좋았던 건 아니다.
3년 전만 해도 그는 침대 모서리에 머리를 박거나
아니면 빨래건조대에 목을 매고 생을 끝내려고 했었다.
춥고 깜깜했던 시절이었다.
그 뱁새 같은 부장 새끼는 그를 '헤이멍'이라고 불렀다.
"헤이멍, 오늘도 멍청하냐? 한 건 큰 것 좀 물어와, 이 밥
통아."
사실 그는 밥을 많이 먹지도 않았다.

부장 새끼에게 3년을 시달리고 나니
세상이 노랗고 지나가는 개새끼도 그를 째려보는 것 같
았다.

"오마니, 아바이, 왜 나를 이렇게 찌끄랭이로 낳았슈?"

물론 이 표현은 극적 효과를 위해 나중에 각색된 것이 분명하다.

그러나 그가 부모님 묘소에 찾아가 내리 사흘을 울었다는 이야기는

목격자의 증언으로 보건대 사실임에 틀림이 없다.

거기서 그는 유령과의 대화법을 터득했다.

비법의 검은 책을 손에 넣고 돌아오던 날

그는 비 내리는 선술집 창가에서 오뎅 국물에 소주를 마시며 생각했다.

이제부터 내가 세상을 접수한다.

유령들은 어디에나 있다.

일단 공고가 나가자 전국에서 출연 신청이 쇄도했다.

사연을 더 감동적으로 전달할수록 시청자로부터 높은 점수를 받는

말하자면 일종의 서바이벌 게임이었다.

"영석아, 애비는 자살한 게 아니란다."

─이런 얘기는 예선에서 탈락했다.

"내 당신 몰래 과천 사는 영란이와 바람 좀 피웠소, 미안하오."

─이런 얘기는 꽤 인기를 끌었다.

"우리집 텃밭에 10억 원 신권 지폐로 묻어뒀다."

—이런 얘기는 빅히트를 쳤다.

이야기는 이야기를 물고 끝없이 이어졌다.

유령 방송국은 시즌을 원 투 스리로 이어갔다.

경기 침체에도 불구하고 유령 산업은 주가가 뛰었다.

한류 바람이 K-Drama에서 K-Pop을 거쳐 'K-Ghost'로 옮겨갔다.

프랑스에서는 팬들의 성화로 〈유령〉을 두 차례나 공연했다.

소니에서 방송 판권을 사겠다고 나섰지만 결국 구글이 가로채갔다.

정PD는 신의 대리인으로 추앙받았다.

그때, 홀연, 그가 사라졌다.

갑자기 무덤으로 돌아간 듯 유령들은 조용해졌다.

미처 방송에 나오지 못한 침묵의 검은 소리들만이 음산하게

이승과 저승의 샛길에서 겨우 흘러나오고 있었다.

죽어도 다시 살아 돌아올 수 있겠다고 희망을 품었던 사람들은

울부짖으며 40일간 광야를 헤맸다.

그는 어디에도 없었고

책 한 권만 남았다.

사연은 그렇게 된 거다.
내가 일전에 말하던 그 책이 바로 이 책이다.
훗날 당신이 유령이 된다면
아마도 그땐 이 책의 검은 언어를 이해하실 거다.
조부께서 물려주신 가보
요즘 살림이 궁해 아주아주아주 싸게 내놓는 것이니
가져가시든 말든 맘대로 하시라.

백분토론 유감

달포 내내 한기가 뼛골에 사무치며
우역(牛疫)이 수그러들지 않고 물가까지 진정될 기미를
보이지 않자
역병 원인과 물가 대책을 두고
공중파 TV 합동 좌담회에 당대 최고의 입담꾼들이 나와
잡담을 펼쳤다.

먼저 입을 연 이는 좌장인 허균 선생이었다.
식욕과 성욕은 인간의 본성일 것이나,
'도문대작(屠門大嚼)'이라 벼슬아치들은 그 귀함을 모르고
아무데서나 입맛을 쩍쩍 다시고,
정작 역병에는 모두 나 몰라라 하는 게 작금의 사태가 아
닙니까.
장관은 책임지고 물러나야 할 겁니다.

소론 출신의 심익운 선생이 거들었다.
지금 저마다 이익과 욕망을 좇는 것이
귀신이 사람을 잡아가는 것보다 심한 지경에 이르렀지요.
뒤 도둑이 앞 도둑의 머리를 베었다는데
함께 죽기를 기약한 자들도 모두 배반하는 것이
무지렁이 도둑보다 못하다 할 밖에요.

연경에서 갓 돌아온 박지원 선생이 말을 이었다.

두 어른께서 오늘에야 제 목소리를 내시는군요.

근래 물가가 너무 올라 주부들이 장보기가 무서울 지경
이라 합니다.

문 앞에는 빚쟁이가 기러기떼처럼 서 있고

집 앞에선 술꾼들이 물고기 꿰미처럼 잠잔다 하지요.

비굴하게 허물까지 벗고 몸뚱어리 다 보여도 힘든 때입
니다.

이덕무 선생이 탄식을 하며 말을 받았다.

근자에 살림살이가 곤궁해졌다 하나, 저와 같겠습니까.

집안에 값나가는 것이라야 겨우 집안 대대로 내려온 고
서 몇 권

20만 원에 팔아 밥을 지어 먹었습니다.

돈이 좀 남길래 술을 받고 유득공이를 불러 한잔했지요.

'제민구휼(齊民救恤)'이라는 게 다 뭡니까.

가장 나이 어린 이옥 선생이 덧붙였다.

시정 돌아가는 꼴이야 제가 잘 알지요.

죄 없이 목을 내놓은 소 돼지의 울음이 산천초목을 찢고

그 핏물이 강을 적셔 붉은 파도가 치고 있습니다.

아직도 젊은이들은 구직 원서를 들고 승냥이처럼 뛰어다
니고

독거노인들은 판잣집 냉골에 등골을 빨리고 있어요.

3시간짜리 토론은 백분으로 편집되어

　지난 일요일 밤 열시에 특집으로 방영될 예정이었다.

　허나, 출연자들이 모두 문체반정에 걸린 작자들인데다

　내용이 지나치게 저속하고 사회 기강에 적이 위해가 될
까 심려되어

　결국 불방이 되고 말았다.

디지털맨

처음 그녀의 이름은 '림'이었다.
채림이 이승환과 이혼하기 전이었다.
다음은 '현정'이었다.
고현정이 〈선덕여왕〉에서 악명을 떨치던 2009년 여름이
었다.
지금은 '민아'로 이름을 바꾸었다.
짐작하시겠지만, 이건 신민아가 요즘 날리기 때문이다.

그러니까, 간단히 요약하자면, 그는 민아를 사랑했던 것
이고
그 사랑을 얻기 위해, 죽었던 것이다.
그리고 그 이야기를 페이스북 담벼락에 남겨놓았고
내가 지금 풀어 쓰고 있는 것이다.

처음 1년간 주로 그는
민아를 컴퓨터 모니터에서만 만났다.
그리고 꿈을 꾸고, 꿈을 부풀리고, 꿈이 실현되길 원했다.
2년 지나고, 그는 민아를 VR로부터 현실로 불러내고 싶
었다.
지극 정성이 통했는지, 3년 지나
민아가 잠깐씩 이 세상으로 건너와 그를 만나주었다.
세상의 모든 연인들이 밟아가는 순서대로
그들은 영화관에 가고 맥줏집에 가고 모텔에 갔다.

하지만 민아는 아바타일 뿐,

칸트의 표현을 빌리면, '물자체'는 아니었다.

부어스틴의 말을 따르자면, 환상이고 이미지에 지나지 않았다.

(그의 표현대로) '존재하지 않는 것에 대한 욕망'이었다.

아니, 욕망의 찌꺼기가 부풀어오른 배설이었다.

아니, 요설이며 모멸이며 좌절이었다.

그는 방황했다.

디지털의 벽은 완고했으며, 그가 들어갈 문은 없었다.

매트릭스의 세계에서는 인간의 사유와 질서가 통하지 않았다.

네트워크는 황홀하지만 치명적인 독을 갖고 있었다.

그리고 그는 마침내 결심했다.

디지털맨이 되기로

내 사랑은 내 목숨보다 강하다.(2010/7/20 23:37 담벼락)

나는 무에서 왔지만 무로 돌아가지는 않겠다.(2010/9/12 22:30 담벼락)

드디어 길을 찾았다.(2010/10/02 12:16 담벼락)

오, 신이시여.(2011/1/17 15:45 담벼락)

그는 천 시간에 걸쳐

영화 〈매트릭스〉 시리즈를 3백 번 본 다음 스스로 길을
깨우쳤다.

존경하는 키아누 리브스 사부께서 넌짓 손짓을 하시자

그는 매트릭스 세계로 들어갔다.

바슐라르의 표현대로, '가치 부여'가 이루어졌다.

정한용의 이론에 의하면, '존재의 탈존재화'가 섬광처럼
성립되었다.

그는 디지털에 안착했다.

사랑하는 민아씨,

이렇게 시작하는 그의 유서는 새로운 세계를 여는 열쇠
였다.

그가 매트릭스로 들어가고 난 지 1년

만약 여러분이 지금이라도 인터넷으로 SNS에 접속한다면

그들이 몰래 데이트하는 것을 훔쳐볼 수 있다.

거기에서도 그들은

영화관에 가고 맥줏집에 가고 모텔에 간다.

짝퉁들

황산을 보고 싶었던 게 죄라면 죄겠다.
분명 단체 비자로 아시아나 비행기 타고 떠나
금년 첫 문을 연 황산공항으로 들어갔고
안개 낀 황산과 비 내리는 삼청산에 넋을 놓은 건 인정하
겠다.
3일 뒤 간 길 되짚어 잘 돌아왔는데
진위가 적이 의심되는 마오타이 한 병 외엔 산 것도 없고
마약은커녕 담배도 끊은 지 5년이 넘었다.

그런데

내가, 내가 아니란다. 짝퉁이란다.
공항 입국 심사대 딱딱한 관리가, 진품은 이미 귀국했어요.
아니, 여기 여권에 도장 쾅 찍혀 있잖아요.
그거이 짝퉁의 짝퉁이구만.
내가, 내가 아니면 뉘기란 말이오.
그거이 당신이 더 잘 알겄제.

이후 내리 사흘 비가 내렸고
몽골에서 때늦은 황사가 전국을 덮쳤으며
남지나해에서 태풍이 몰려왔다.
그리고, 나는 사라졌다.

나는 어디에도 없었다, 진품이 어디에선가 나 대신 나를
살고 있었다.

혹시 황산에 나를 두고 온 건 아닐까.

애초에 진짜 나를 두고 떠나지는 않았던가.

나는 어디에도 존재하지 않았다.

세상에 없는 나는 조금씩 얇아졌다.

나를 기억하는 이도, 내가 기억하는 이도 조금씩 사라져
갔다.

나는 내가 바라보는 '너'가 되었다.

너는 바람처럼 가벼워졌다.

너는 시간처럼 부드러워졌다.

짝퉁은 짝퉁을 알아보는 법, 너는 외롭지 않았다.

너의 짝퉁은 어디에나 있었다.

인터넷엔 짝퉁 카페도 있고 매월 셋째 금요일엔 '짝퉁 정
모'도 있었다.

전국에 짝퉁 풀뿌리 조직이 튼튼했다.

짝퉁당 요원들이 국회와 정부와 언론에 스며들어 스파이
처럼 활약하고 있었고

재계도 이미 절반은 넘어갔다는 루머가 들렸다.

아직 커밍아웃이 두려워 가면을 쓰고 다니는 사람들

하지만 세상은 이미 짝퉁에 점령당했다.

—　　짝퉁 가방, 짝퉁 전화, 짝퉁 교회, 짝퉁 방송, 짝퉁 도시,
짝퉁 애인, 짝퉁 인권보호 센터.

　　짝퉁의 본질은
　　냉소,
　　춥고 팍팍하고 바삭바삭한 날들이 계속된다.
　　짝퉁족 살기에 딱 좋은 날씨다.

—

내가 모를 줄 알고

지랄하고 자빠졌네,
내 살아 있을 때 코빼기 한번 안 뵈더니 둘째 년 서럽게
우는 것 좀 봐.
그 속을 모를 줄 알고,
반 토막 난 주식 그거라도 채가려는 속셈이지.
이년아, 그렇잖아도 내사 모질지 못해 너 주기로 했다.
어리숙허고 찌질한 아들놈도 탈이여.
병원비 빼고 겨우 남은 아파트 한 채, 그마저 대출금도 밀
려 있지만
유언장에 분명히 장남 니 것으로 도장 쾅 찍어놨응께,
그거야 손 못 대겠지.

문상객이 자꾸 밀려오니 큰애가 고생이 많구먼.
저기 김사장하고 애들도 왔네.
만난 지 10년도 넘은 것 같은디 이렇게 영정사진으로 낯
짝을 뵈여주니,
미안허이, 따신 국밥이나 한 그릇 드시게.
그리고 내게 작년에 빌려간 20만 원은 꼭 돌려주시게.
왜 전화에 대고 훌쩍거리면서 꿔달라 안 혔나.
마누라 몰래 바람 피우다보면 용돈이 수월찮게 들긴 허
겠지.
저쪽에 술 처먹고 노래 부르는 놈은 뉘여?
아니 용택이 아녀? 언제 왔더냐, 내 앞에서 절 두 번 혔

— 어?

그놈의 술버릇 아직도 못 고쳤구먼.

코딱지만한 가구 공장 차렸다 다 말아먹었다더니,

동남아 아이들 월급 떼어먹었다고 방송에 났을 때는 나도
쪼매 맴이 아팠다.

소리 그만 지르고 그만 가든지

안 가려면 저쪽 우리 고향 친구들 고스톱 판에 끼기든지,

여기서 보니 대머리 영식이가 많이 땄구먼.

갸는 원래부터 쪼잔하고 인정머리도 없고 싸가지도 읎지.

동규 새긴 맨날 광만 팔고 좀 땄다 싶으면 조용히 사라져
요, 좆같은 새끼,

여긴 뭐하러 왔냐?

나 죽은 거 보면서 속으로 잘 뒈졌다 그러려고?

내가 아무것도 모를 거라 허시나본데,

아직 난 멀리 못 가고 이승을 떠도는 구신이다, 이거지.

느그들 무슨 맘 먹고 무슨 짓 허는지 다 보여,

김사장아 내 저승 가는데 노잣돈이 좀 필요허니 돈 좀 돌
리도.

용택이 너그 아버지 죽었을 때 널 조카처럼 살핀다 했건
만, 자슥아 술 좀 작작 처먹어라.

고향 친구들아 내 먼저 가 터 잡아놓으마, 뒤따라 천천
히 오구마.

—

아들아 너를 대견스레 생각하면서도 맨날 면박만 줬구나. ―
딸년아 남편한테 쫓겨나기 전에 잘 좀 해라.

내 마지막 바람이다.
날 불태워 강물에 띄우고 그 강물이 바다에 이를 즈음,
그냥 깡그리 잊어뿌리라.

코끼리 사전

어젯밤 회식이 길어졌고, 좀 취한 것까지는 인정하겠다, 그래도 그렇지, 평상시처럼 출근 시간 맞춰 잘 일어나, 늘 하던 대로, 빵 굽고 딸기잼 꺼내고, 오렌지주스 따르고, 늘 하던 대로, 아들을 깨웠다, 빨랑 일어나라, 아침 먹자 잉, 아빠, 누가 그런 말을 지금도 써요, '아침'이 뭐예요, 그럼 뭐라 카는데? 당근 '코끼리'죠, 아빠 좀 이상하시네, (이 자슥이 밥상머리에서 농담하나?), 숙취로 머릿속이 지끈거려 이 정도로 접는다.

사무실에 도착하자 김대리가 한술 더 뜬다, 부장님, 어제 고슴도치가 좀 과하셨던데, 오늘 코끼리는 드셨어요, 이따가 참새는 요 앞 해장국집으로 제가 모실게요, (고슴도치? 참새? 새참이 아니고?), 아 점심 말야? 오매야, 부장님, 누가 그런 말을 지금도 써요, (아니, 왜들 이러는 거야), 그럼 저녁은 뭐라고 하는데? 부장님, 덜 깨셨나봐요, 그건 '너구리'가 표준말이잖아요, 그런 유치한 옛날 사투리를 자꾸 쓰시고, 내 말이, 유치해? (그럼 진짜 코끼리와 참새는 뭐라고 하지?)

사전을 찾는다, 코끼리 [명사] 1. 날이 새면서 오전 반나절쯤까지의 동안. 또는, 그 시간에 먹는 식사. 2. 중세에는 코가 길고 몸통이 큰 상상의 동물을 지칭하는 말로 사용된 적이 있음, 어젯밤, 내가 술 마시는 사이에 국어사전이 바뀐 거야? 아니, 나이 50에 벌써 치매에 걸린 거야? 이번엔

구글에 '코가 길고 몸통이 큰 동물'이라고 친다. 검색 결과
죽은 사람의 기억에만 존재한다고 믿어지는 전설상의 동물.
또는, 5억 년 전 공룡의 멸종과 함께 사라진 포유류의 일종.

　퇴근 시간보다 좀 일찍 나와 나는 병원에 간다. 내과로 가
야 하나? 정신과에 가야 하나? 헛소리가 자꾸 들리는 거겠
지. 귀가 이상한가? 이비인후과로 간다. 어서 오세요, 어디
가 불편하신가요? 그게 좀, 말하기가…… 무신 귀신 씻나락
까먹는 소리가 들리긴 하는데…… 참, 하나 물어봅시다. '너
구리'가 뭡니까? 걱정 마세요, 우리 병원은 너구리 시간에도
진찰을 보거든요. 올챙이 한잔 드시면서 잠깐 기다리세요.

　병원을 나와, 나는, 지하철역으로 뛰어내려간다.
　어두운 동굴에서 전철 대신 거대한 코끼리 스무 마리가
뛰어오고 있다.
　외롭다는 느낌이 방울뱀처럼 기어간다.

거짓말의 탄생

브로드웨이 44번가 마제스틱 극장에서 〈오페라의 유령〉을 보았습니다. 하지만 구겐하임 갤러리와 메트로폴리탄 뮤지엄에서 종일 질리도록 그림을 보고 난 뒤라, 밤 공연에 도저히 집중을 할 수가 없더군요. 더구나 영어로 부르는 노래는 내용을 쫓아가기도 힘들었습니다. 기대와 달리, 3등석에서 본 무대는 화려하지도 않았고 배우들 노래도 그저 그랬습니다.

잘 알다시피, 〈오페라의 유령〉은 가스통 르루가 1910년에 발표한 동명의 소설을 앤드루 웨버가 뮤지컬로 만든 것이죠. 그런데 말이죠. 당신 알아요? 그 책에는 숨겨진 이야기가 있다는 것. 당초 뮤지컬로 만들자고 아이디어를 낸 사람은 모리 예스턴인데, 웨버가 가로채간 거랍니다. 웨버의 작품이 성공하자 엄청난 질투심에 사로잡힌 그는, 위장병을 견디며 복수의 칼을 갑니다. 결국 그 칼끝에 한줄기 검은 빛이 비칩니다.

본디 르루의 소설은 창작품이 아니라, 1892년 하버드 대학에서 출판된 『유령들』이란 구전설화집 일부를 베낀 것이었습니다. 그러니까 창작이 아니라 위작이었던 것이죠. 물론, 당시엔 남의 이야기를 빌려와 각색하는 것이 흔한 일이었다죠. 그런데 정작 원본은 사라진 반면, 위작 소설 『오페라의 유령』은 엄청난 베스트셀러에 올랐으니, 세상이 참 알

궂군요. 어쩌면 우쭐해진 작가가 원전을 완전히 무시했는지 —
도 모를 일이죠.

잊힐 뻔한 이 사건은, 근래 하버드판에 대한 해설서가 나
오면서 뒤집힙니다. 세밀하고도 정교하게 주해한 민음사판
『유령들』을 보는 순간, 모리 예스턴의 머리가 총알처럼 돌
아가기 시작합니다. 소설이 위작이니 당연히 웨버의 뮤지컬
도 가짜라고, 당장 전 세계의 모든 극장에서 간판을 내려야
한다고 외쳤습니다. 대신 그는 원본과 민음사판을 근거로
작곡한 '오리지널' 뮤지컬을 발표합니다. 〈오페라의 유령〉
에 두 개의 버전이 생긴 것이죠.

그렇다고 웨버와 극장주들이 순순히 두 손 들 수는 없고,
모리와 비밀 계약을 맺습니다. 위키리크스가 공개한 문서에
의하면, 웨버의 〈오페라의 유령〉 하이라이트, 즉 유령이 여
자를 지상으로 돌려보내는 순간, 유령은 사랑의 증표로 민
음사판 『유령들』 56쪽을 찢어주기로 합니다. 매번 새 책으
로. 물론 관객들은 눈치채기 어렵겠지만요. 돌아가면 당신
잠든 귓속에, 나도 유령처럼, 그 애절한 부분을 읽어줄게요.
이만, 안녕, 크리스틴.

고독과의 불편한 동거

아침부터 자꾸 부딪친다.

출근하려 나서는데 나보다 먼저 그가 한쪽 신발을 꿰어
신는다.

남은 한쪽으로 어기적어기적 걸으며 겨우 엘리베이터를
내려간다.

차에 시동을 걸고 보니 언제 탔는지 조수석에 앉아 안전
벨트까지 맸다.

그래 네 마음대로 하렴,

제발 나를 방해하지나 마.

사무실에 들어와보니 나보다 먼저 내 자리에 앉아 있다.

비켜, 비키래두, 나는 겨우 엉덩이를 끼워 걸친 채

컴퓨터를 켠다, 엑셀 파일을 불러내 오늘의 일정을 조정
한 다음

어제 오늘의 시황 예측 보고 작성으로 들어간다.

요즘 주식과 펀드는 엉망이고 물가와 환율은 하늘 높은지
모르고 치솟는다.

아, 골 아프다, 커피나 마시자, 아, 이게 또 지랄이네.

내 커피를 내가 입도 대기 전에 반이나 냉큼 마셔버리네.

그러나 난 고독하지 않아,

난 우리의 불편한 동거를 인정할 수 없어.

제발 나가줘, 방 좀 빼줘,

내 옷과 신발을 채가고 내 밥그릇도 뺏어먹고 내 영혼의
불꽃도 훔쳐가는.

  고객과의 투자 상담 시간에도 느닷없이 끼어들고
  아주 중요한 업무 회의 시간에도 자꾸 나가자고 재촉하고
  언제부턴가 밥 먹을 때, 책 읽을 때, 인터넷 자료를 뒤적
거릴 때,
  내가 조금만 방심해도 그 작은 틈새에 찬바람처럼 쏴 불
어오는 섬뜩함
  작은애 선생님이 진학 상담차 한번 오래요, 전화를 퉁명
스레 받는 틈에
  당신은 이기주의야, 애인의 젖가슴을 주물럭거리는 틈에
  늦은 밤 2만 원짜리 대리 불러 집으로 가다, 잠깐, 하늘을
올려보는 그 틈에.

  이제는 어쩔 수 없어.
  내 낡고 헐렁한 구두가 된 고독
  95 사이즈에 30인치 허리를 가진 나의 고독
  몸속 백조 개의 세포 중 절반을 물들인 지긋지긋한 고독
  폭탄주에 필름이 끊어져도 거뜬히 생생하게 살아나는 나
의 고독
  내 생의 울타리를 치는 고독.

표절—내력(來歷)

　몽테뉴의『수상록』을 읽다가 "아무것도 그대로 머무르지 않으며 언제나 하나로 있는 것은 없다"는 구절을 만났다. 이는 "우리의 본질은 내부적으로 무력하고 궁핍하며 그 자체가 불완전하여, 끊임없는 개선이 필요하기 때문에, 우리는 이 점에 노력해야 할 존재다"로 변형되어 나타나기도 한다. 1570년에 쓴 이 글을 읽다가, 나는 너무나 놀랐다. 이럴 수가. 이건 퇴계와 고봉 사이에 오간 편지 구절을 그대로 훔친 것 아닌가. 베낀 거잖아.

　퇴계는 "무릇 이와 기는 본래로부터 서로 따르며 본체를 이루고, 서로 기다리며 작용이 된다"고 했고, 고봉은 "사람의 정은 하나로, 진실로 이기를 겸하고 선악이 없다"며 받아친다. 날카롭던 의견은 두 차례 장문의 논변 편지가 오간 후, 이렇게 합의된다. "이와 기는 하나이지만 완전히 스스로 존재하지 않고, 내부적으로 무력하며 궁핍하고 불완전하기 때문에, 우리는 변화를 주목하여야 한다." 1562년부터 3년에 걸친 논쟁이었다. 이럴 수가.

　퇴계-고봉의 글이 먼저이니 몽테뉴가 표절한 게 틀림없었다. 하지만 어떻게? 물론 퇴계 선생은 대학자로 생전에 중국과 일본에 이름이 높았지만, 그래도 그렇지, 어떻게? 나는 이 답을 찾아 지난 10여 년 머리를 싸맨 채 궁구했다. 실크로드의 흔적을 뒤져보기도 했고, 지워져 파도만 철썩이는 남방 교역로를 둘러보기도 했다. 그리고 다시 10여 년, 조금씩 질문이 닳아 기억에서 지워질 때쯤, 번쩍, 섬광처럼 한 줄기 빛이 지나갔다.

후쿠시마 원전이 터지자, 노스트라다무스가 예언했다는 말이 돌았다. 호기심에 『모든 세기』를 들춰보던 난 그 자리에 얼어붙었다. 바로 6권 97번의 사행시, "동쪽 멀리 두 사람의 편지가 있어/ 바다의 목자가 광천수를 찾는 이에게 전한다./ 이 세상은 하나됨 없이 텅 비어/ 불과 물에 씻겨가리라." 눈치채셨는가? '광천수를 찾는 이'는 당연히 몽테뉴! 그렇다면 '바다의 목자'는? 아, 그건 성 프란체스코 하비에르의 전령이 아니겠는가?

퇴계-고봉의 편지 필사본이 일본으로 건너가 프란체스코의 손에 들어갔던 것. 프란체스코가 중국에서 죽자 그의 유품을 제자들이 옮겨 포르투갈로 가져갔던 것. 이를 다시 노스트라다무스가 몽테뉴에게 전달했던 것. 길은 흘러흘러 필연을 만들었던 것. 세밀한 내막은 알 길 없지만, 몽테뉴가 조선 유학자의 글을 베끼면서 출처를 밝히지 않았다고 누가 감히 욕을 하랴. 역사는 오류와 비의로 가득하고, 우리의 삶은 늘 궁핍할 뿐.

표절—보유(補遺)

퇴계와 고봉은 둘 다 병으로 고생했다. 편지에서 퇴계는 "세상의 의논을 면하고, 병든 몸을 근근이 지켜나가고 있다"고, 고봉은 "임금께 아뢰어 현직의 교체를 청해주기를 바랐더니, 곧 휴가를 주어 병을 조리하게 하라는 천은을 입었다"고 썼다. 퇴계는 우리 나이로 일흔 살까지 장수하였으나, 고봉은 마흔여섯에, 당시는 흔한 경우지만 요즘 기준으로 보자면, 요절했다.

스페인 신부 프란체스코 하비에르는 인도를 거쳐 미개척지인 아시아로 선교 활동을 넓혀나갔다. 1549년 가고시마 현에 와서 다이묘 시마스의 보호 아래 많은 일본인을 개종시켰는데, 2년 뒤 중국 광둥성으로 건너갔다 열병에 걸려 죽었다. 그의 제자 중에 세례명 미켈이란 농부가, "신부님은 조선 유학자의 책을 즐겨 읽으시는데, 몸이 허약해 병을 달고 지냈다"고 기록했다.

몽테뉴는 서른여덟의 나이에 법관에서 은퇴한 뒤 은둔과 여행으로 소일했다. 광천수가 신장 결석을 치료한다는 말을 듣고 좋은 샘물을 찾아다녔다. 17개월간 주로 말을 타고 다니며 남부 유럽의 모든 샘물을 마시고, 그 지역의 풍속을 세밀히 관찰했다. 그는 "자기의 두뇌를 남의 두뇌에 비비고 닦았다"고 썼다. 그러나 이 변덕쟁이는 시장에 선출되고 다시 세상으로 나섰는데, 흑사병이 쓸고 간 뒤, 쉰아홉에 죽었다.

예언자 노스트라다무스는 페스트가 번졌을 때 아내와 자식을 잃었다. 종교 법정에 소송을 당하는 등 불운이 겹치자, 여러 지역을 전전하는 떠돌이 의사로 생활했다. 이때 스페인에서 하비에르의 제자를 만났을 것으로 추측된다. 1568년 복권되어 왕의 밀사로 공무 수행중에 통풍을 얻어 결국 죽었다. 그는 "모든 인간은 서로를 훔치니/ 우주의 끝에서 하나로 만나리라"라는 구절을 남겼다.

나는 당신을, 우리는 여러분을
삶은 물론 죽음조차도, 서로 닮고 서로 훔친다.

3

좌우에 대한 숙고

몇 년 전부터 노안인가 싶더니, 이젠 안경이 잘 안 맞는
다. 양쪽이 서로 어긋난다. 왼쪽으로 보는 세상은 흐리지만
부드럽고 따뜻한데, 오른쪽으로 보는 세상은 환하지만 모
가 나고 차갑다. 둘 사이의 불화와 냉전에 속앓이가 심했는
데, 알고 보니 오래 쌓인 원한이 있었다. 수구와 진보의 싸
움은 식상한 것이 되었고, 훈구와 사림의 대립도 짓물렀다.
정상 과학을 두고 벌인 칼 포퍼와 토마스 쿤의 논쟁에 대해
서는 논문으로 까발린 적도 있다. 새는 두 날개로 난다고 리
영희 선생께서 일갈했지만, 나는 차라리 두 세상을 따로국
밥처럼 몸속에 나눠놓고 살겠다. 왼쪽 눈이 쓰린 날은 막걸
리에 해물파전을 먹고, 오른쪽 눈이 부신 날은 소주에 삼겹
살을 먹겠다.

온달씨네 집

아침 일곱시
온달씨가 출근하고 나면
집은 하루종일 침묵에 빠져든다.
어쩌다 냉장고가 갸르릉 소리를 내기도 하지만
입을 잠근 수도꼭지와 페이지를 닫은 책들의
깊은 묵언 수행을 깨우지 못한다.
식탁 위 신문도 평화로워지고
신발장 빈 구두들도 발소리를 죽인다.
폭발 직전의 우주
사물들이 한곳으로 온 힘을 다해 웅크린다.

저녁 일곱시
매일 그 시간 시계 불알처럼 정확하게
온달씨가 문을 여는 순간, 모든 존재가 화들짝 놀라며
빅뱅처럼 터진다.
드디어 수돗물이 흐르고 책들이 입을 열고
신문과 티브이가 비로소 공기를 흔들어댄다.
주인님, 안녕하시냐고
세상 밖 먹이 몇 점 물어오셨냐고
이렇게 하루를 넘겼으니
내일도 또 그렇게 흘러가지 않겠냐고.

집 버리기

봄철이 채 오기도 전
전세가가 하늘 높은 줄 모르고 치솟는데
가난한 우리 가족은 이사를 간다.
10년 눌러산 집을 떠난다.
우선 묵은 때 벗기듯 버릴 것들을 가차없이 처단한다.
너무 많은 것을 등짐처럼 지고 살았다.
처분 대상 일호 품목은 책,
날씨 풀린 길일을 택해 천 권의 책을 분리수거함으로 내
보낸다.
아, 속이 시원하다…… 할까…… 해야지……
책 속에 구겨져 있던 글자들이
숨겼던 음모를 폭로하면서 종이를 찢고 뛰어나와 내 눈을
찌를지도 몰라.
자, 계산을 해보자.

(책 한 쪽에 원고지 5장, 그러면 1000자가 들겠군. 한 권
을 평균 300쪽이라 치면, 도합 30만 자가 버글거리는군. 좋
아, 한 단어를 평균 3자로 계산하면, 모두 10만 단어가 책
한 권을 짓는 셈이군. 하이데거 존자께서 '언어는 존재의
집'이라 일갈하셨으니, 책은 한 권마다 10만 채의 아파트이
니, 아, 가히 도시라 불러도 되겠구나. 삼국지특별시, 돈키
호테직할시, 열하일기광역시, 죄와벌시, 님의침묵시……)

나는 천 권의 책을 버렸고
1억 채의 집을 버렸다.
서민 아파트 한 채에 시가로 수억 원이니, 아, 나는, 물경
수천 조의 돈을 버린 것이렷다.
아프리카 어린이 돕기에 2만 원이 아까워 망설이고 망설
이다 겨우 지갑을 연 주제에
로또 백번을 맞아도 불가능한 돈을 날리고도 태평할 수
있다니
그러고도 속이 쓰리지 않다니, 나도 엄청 독한 놈이다.
세상 살 만큼 살았구나.
언젠가 내가 발라놓은 책장의 독을 스스로 찍어먹고
천형처럼 고꾸라질지 몰라,
내게 책을 증정해주신 죄 많은 분들이시여,
언어의 황량한 고해성사여.

이명(耳鳴)에 살다

귀에 매미가 들어앉았다,
몇 달, 그래 얼마나 버티나보자, 좁고 어둡고 눅눅한 처소,
소리 외엔 가진 것 없는 가난뱅이, 없기로는 나와 비슷한
몰골인 그것이, 이놈 거동 좀 보소, 어허, 참 끈질기다, 자릴
비울 생각이 없는지,
시도 때도 없이 울어쌓는다.

눈 흐려지듯 소리도
뭉치거나 뭉개지거나 뭉뚱그려져, 어디가 머리고 어디가
꼬리인지,
전생에 내가 무슨 죄를 지었더냐, 몰라, 몰라, 몰라, 매미
는 불협화음의 불가지론적인 암호만을 뱉어낼 뿐,
나를 시험에 들게 하는 것이다.

바람이기도, 강물이기도, 이미 돌아가신 어머니 자장가이
기도 하고,
유카탄 반도에서 사라진 인디언의 노래, 가자지구에서 올
리브나무 사이로 우는 새들, 체르노빌과 후쿠시마에서 부는
흰빛의 파장이기도 하고,
끝내는 곧 지워지게 될
우리 목소리의 화석이기도 해서,

오래 숙성된 고통과 기쁨이기도 해서,

너는 거기에, 나는 여기에,
이렇게 함께.

뜯들이다

점심때가 다 됐네, 밥을 해야지,
임금님표 이천쌀 11/3홉, 찰현미 1/3홉, 쥐눈이콩 1/3홉
맑은 물에 세 번 씻고 정수기 물에 안쳐
10분간 불려야지, 아, 잡곡들 색깔이 참 예쁘네,
기다리는 동안 보르헤스를 읽어야지,
틀뢴 우크바르 오르비스 테르티우스
여긴 어딜까, 고민, 아 참, 압력솥을 레인지에 올려야지,
탁탁탁, 가스레인지가 켜지고 푸른 화염이 차가워지네,
불꽃이 갈라지면 뚜껑 밸브를 '압력' 쪽으로 돌리고 불을
약간 줄이고
이번에는 조르조 아감벤을 읽어야지,
세속화할 수 없는 것의 세속화야말로 미래 세대의 정치
적 과제다,
개인 행동을 비난할 수는 없다,
오히려 장치들에 스스로 갇히도록 두었을 때가 문제?
개인이 어떻게 저항하란 말이야, 목숨 내놓고 감옥에 가
고 벌금 내면서?
어머, 벌써 김이 오르네,
반찬도 꺼내야지,
우엉조림/김/총각김치/두부구이 (멸치볶음도 꺼낼까 말까)
나는 혼자 밥을 먹는데 이것도 사회적 행동이 될까,
타자를 향해 열린 가치를 부여할 수 있을까,
불꽃을 아주 가늘게 줄이고,

이제, 뜸을 들이자, 뜸이라는 말, 예쁘지 않니?
탁탁, 가스레인지를 끄고, 뜸을 더 들이고,
들인다고? 들이민다고, 무엇을? 뜸이 드는 동안,
이번에는 모리스 블랑쇼를 읽어야지,
우글우글우글 언어들, 바깥의 존재들, 그리고 세상 끝에
대한 해석들,
난 확실히 헛살고 있는 게 틀림없어,
아, 밥이 다 됐네, 솥을 열자, 밥은 없고, 거기,
보르헤스와 아감벤과 블랑쇼가 검게 탄 채
누룽지가 되었네,
맛있게 먹자, 즐거운 점심.

베끼다

엄마 해봐, 음~ 마~, 아기가 엄마를 베낄 때
엄마는 아기를 벗긴다.

우리들은 베끼고 벗기면서 서로 닮는다. 거미줄을 베껴
방탄복을 만들고, 나뭇잎을 벗겨 태양 전지판을 만든다. 달
팽이를 베껴 접착제를 만들고, 나비 날개를 벗겨 디스플레
이 패널을 만든다. '자기야, 날 벗겨봐.' 애인들은 밤마다 서
로를 베낀다. 뜨겁게 엉킨 몸 위로, 자박자박 천 년이 흘러
가고, 중세에서 르네상스를 거쳐 제국의 시대로 넘어간다.
간혹 혁명이 일고, 가끔은 미래로 밀리기도 하지만, 대부분
은 소리 없이 감춘다.

내가 너를 은밀히 베끼는 사이
너도 나를 살포시 벗긴다, 불륜의 뜨거운 밤,
표절의 공범이 된다.

그림자가 없다

태풍 볼라가 호들갑을 떨고 지나간 아침
유리창에 붙였던 신문지를 떼어내고 테이프를 벗겨낸다.
아침 햇살이 다시 창을 가득 메운다.

그런데, 온달씨는 깜짝 놀란다.
간밤의 어수선한 날씨와 짓이겨진 꿈 사이로
몇 번 우레가 쳤던 건 사실인 것 같은데
아침, 그림자가 보이지 않는다.

헤어질 거라 마음 다졌던 여자가 훔쳐갔을까.
젖은 신문지에 섞여 찢어졌을까.
내 삶의 무게를 고스란히 받쳐주었던 그림자
닿는 것마다 모두 휘게 만들었던 편린들
50여 년 약속들이 빼곡히 적혀 있던 양피지들.

그림자가 보이지 않는다.

그런데 참 다행이다.
태풍 지나간 아침, 투명하게 빛나는 햇살 뒤로
그림자를 도둑맞은 사람들이 걸어간다.
나만 속을 들킨 게 아니다.

동시에

그날 낮 열두시경
나는 컴퓨터를 끄고 식당으로 걸어간다.
김대리는 컴퓨터에서 아직 빠져나오지 못한다.
사무실 앞 도로를 무단횡단하던 아이가 겨우 택시를 피하고
운전사가 욕을 바가지로 퍼붓고 있다.
그 시간, 택시 회사 사장님은 골프 클럽에서 첫 홀인원을 날린다.
작은 점으로 떠오르는 흰 공을 응시하며
잔디와 나무들이 뜨거운 태양을 견디고 있다.
골프 예약 담당 이부장은 갑자기 아내와의 약속을 떠올린다.
아내가 혼자 산부인과 병원 문을 밀고 들어간다.
뜨겁던 바람이 갑자기 차가워진다.
대기실에선 뜨거운 여름 공기도 시원한 바닷바람으로 바뀐다.
바다라는 어휘에 달콤한 낭만을 떠올리는 사람도 있지만
지금은 아니다, 벌써 여섯번째 태풍이 감지된다.
동지나해에 닿기 전 태풍은 이미
바다와 약조의 메시지를 교환한 적이 있다.
기상청만이 그것을 눈치채지 못했을 뿐
식물과 곤충들은 그 미세한 떨림 속에서 공포의 눈을 보았다.

모든 신화는 이렇게 태어난다.

그 시간, 신화의 고향 인도에서는 아침 일과가 시작된다.

두려움과 설렘, 우주를 향해 묻는 질문이 시작된다.

우리가 질문을 던지고 답을 얻기까지의 찰나

우주 팽창 이론에 의하면 그 순간

달에서 목성까지의 거리가 백 미터쯤 멀어졌다.

사람과 사람 사이의 네트워크는 천 광년쯤 멀어졌다.

지금 이 순간, 신을 기다리는 자들이 있다.

내 주변이 외롭고 쓸쓸하게 텅 빈 것이 아니라고

헛되이 믿는 자들이 있다.

배신자들

　가령, 언제 밥 한번 먹자, 라는 말이 사라지지 않고 공기
중에 떠돌 때, 그 시공간은 의심의 반죽 덩어리가 되지, 다
음에 또 봅시다, 라는 추임, 아니면, 당신은 그 현장에 없었
으니까 참견 마, 라는 경고를 대신하기도 하지, 당신과 나,
함께 지난 세기의 리얼리티로부터 해방되어야 하듯, 아직도
사랑이란 유물 앞에서 더듬거릴 수밖에 없는, 불치의 위선
이나 위악이 아닌지, 그러니 가령, 요즘 잘나가시나봐요, 신
수가 훤해졌네요, 라는 말은, 30년이 지나도 여전한 실패작,
의심에 적개심이 겹쳐, 역사는 결코 발전하는 게 아니야, 라
고 외치면서, 당신과 나, 이제 너무 구닥다리가 되어 탈자본
주의 흙탕물에서 헐떡거리며, 저녁으로 컵라면이나 먹을까,
혼자 중얼거리다가 문득 서푼짜리 말놀음에 놀라지, 자본주
의 광고판을 깔아뭉개던 그 무게가, 오늘 우리 밥상에서 차
갑게 굳어가기 때문, 결국 당신과 나, 사이, 아무것도 없는.

달빛 항아리

정월 대보름 밤이었습니다. 술이 한 순배 돌고 마음과 몸이 풀렸을 때, 우리는 집을 나서 산길을 걸었습니다. 고적치* 고갯마루까지 30분쯤 달빛 샤워를 했습니다. 휘영청 늘어진 빛이 길을 열자, 솔가지 사이로 빠르게 지나던 바람조차 잠시 멈췄습니다.

나는 흙으로 빚은 작은 항아리를 꺼내 달빛을 담습니다. 갯물처럼 손가락 새로 새기도 하지만, 지금은 도처에 널렸으니 아까울 것도 없겠습니다. 한 가닥 집으면 비린 향이 훅 끼칩니다. 흠향하라는 뜻이겠지요. 오랜 이치가 그러니까요.

우리가 나누는 언어들이 달빛에 은밀히 젖었으니, 길가에 얼음으로 박혀 한동안 거기 고요히 머물 것입니다. 그리고 봄날 더 가까워지면 푸르게 스미겠지요. 없어지는 건 익어가는 것, 오히려 화석이겠지요. 달의 얼굴처럼.

이대로 조금 묵혀둡시다, 우주가 한 바퀴 돌 만큼. 만약 당신이 초보시라면, 향이 닿은 자리마다, 새봄 막 눈을 뜬 솔방울을 더하시길 권합니다. 이렇게 천년 뒤 다시 이 자리에서 나는, 달빛주(酒) 항아리를 개봉하기로 약속하겠습니다.

* 고적치: 강원도 양양군 현북면 어성전리에 있는 고개.

길이 멈춘 곳

얌파 강에 닿은 것은 저녁이 깊어서였다.
강물은 말없이 느리게 흐르고
자갈 위에 내 발자국이 찍혔다.
그리고 그 자리에 어둠이 고였다.

새가 물어온 저녁 빛으로
아직 어둡지는 않았다.
찰랑이는 물결에 자갈이 얼굴을 씻었다.
내게 보낸 버드나무의 편지였다.

그래, 늪으로의 초대
새의 언어로 번역된 나무들의 내밀한 전언
바람 자락에 나뭇잎이 뜻을 풀어내고 있었다.
도저히 닿을 수 없는 깊이

3시간 넘게 협상을 끝낸 뒤
나는 단 넉 줄짜리, 미완성의 그것을
이렇게 번역했다.
백 년에 한 줄씩 적어내려간 나무의 울림을

큰물 져 강이 바뀌었다.
새는 제 살던 곳으로 돌아갈 것이다.
너는 어디에서 왔는가,

여기서 한 세기만 쉬었다 가시라.   —

—

꽃다지

20년 만에 외가에 갑니다. 산발치 따라 한나절 걸리던 길, 이제는 아스팔트 포장길로 금세 닿습니다. 동네 어귀 느티나무는 여전한데, 이 작은 산골에 낯선 이뿐이라니요. 우스갯소리로 우리를 흔들던 외삼촌은 재작년 뒷산에 드셨고요, 이젠 텃밭에 호호 할미가 된 외숙모 혼자 놀고 있습니다. 누구슈? 맑은 웃음이 고요를 저으며 마당 가득 쏟아집니다. 도라지꽃도 살랑거리고, 작약도 짙붉은데, 나를 예뻐했던 그분, 한 묶음 꽃다지가 되어, 햇살과 섞이고 있습니다. 누구슈? 나비가 폴짝거릴 때마다, 자꾸 되묻습니다. 누구슈? 살짝 가벼워지고 있습니다.

병신들아, 날 좀 사랑해줘

섹시 모델 소라양이 이번에는 란제리 화보를 통해 아찔한 보디 라인을 선보였습니다.

소라양은 리바이스 보디웨어와 함께한 패션 매거진 〈ASURA〉 7월호에서 인형 같은 미모와 슬림한 보디로 핫한 매력을 뿜냈습니다. 이번 화보 'LOVE ME TENDER'에서 그녀는 퓨어 스마일과 글래머러스한 몸매를 과감히 오픈하여 감각적이고 시크한 서머룩의 뮤즈로 다시 태어났습니다.

소라양은 화보에서 워싱이 들어가 쿨해 보이는 데님 버스티어톱과 핑크 숏팬츠를 매치해 깔끔하고 댄디한 몸매를 뽐냈습니다. 팬츠 위로 올라온 브리프의 심플한 핑크 아웃밴드로 늘씬하고 잘록한 웨이스트 라인을 강조하고, 산타모니카 비치의 노을과 야자수가 프린트된 섹시한 브라톱을 코디해 볼륨 있는 가슴을 선보였습니다. 여기에 롱웨이브 헤어의 청순함까지 더하였습니다.

보디 웨어 마케팅 이선영 팀장은 "톱모델로서 소라양이 걸리시룩부터 스타일리시 트렌드 세터까지 다양한 매력을 어필했다"고 코멘트했습니다. 지금 서머 세일 기간에는 소라양의 브로마이드 증정 행사도 한다고 합니다.

미친 하루

꿈에서 나는 반쯤 미쳐 있었다.
온몸 수분이 다 빠져나가고 팔다리가 바스락거렸다.
그래, 책을 읽는 거야.
축축한 종이와 글자 들을 빨아먹는 거야.

미쳐서 살고 정신 들어 죽다, 바로 이거야.
차가운 열정으로 우아하게 미쳐라, 이것도 좋군.
기본에 미쳐라, 아, 몸이 젖어와.
이십대 자기 계발에 미쳐라, 난 지나갔잖아.
서른 살 꿈에 미쳐라, 응 그렇게.
사십대 다시 한번 공부에 미쳐라, 이건 아니고.
오십대 이제는 건강에 미쳐라, 좋아, 좋아.
꽃은 미쳐야 핀다, 밀려오는 저 황홀.
견딜 수 없는 미쳐버리고 싶은, 벌써 촉촉해졌네.
사랑에 미치다, 내 얘기.
살짝 미쳐가는 세상에서 완전 행복해지는 법, 응.
미친 연애, 미친 사랑의 노래, 응응.
미치도록 나를 바꾸고 싶을 때, 막 물이 흘러.
미친 몸매, 미친 가족, 응응응.
미쳐야 통한다, 그만해.
서비스에 미쳐라, 응응응응.
미쳐라! 미쳐버려라, 나 죽을 것 같애.*

하루가 고요히 가고
맑은 물 같은 세상으로 나는 돌아왔다.
해가 미친 듯 지고 나자
편안하고 넉넉해졌다.

* 실제 출간된 책의 제목들을 조금 비틀었음.

아름다운 시절

　'아저씨도'가 '아씨좆도'로 읽힌다. '아홉시반'이 '아씨발년'으로, '제대로'가 '지랄도'로, '겐세이 놓는다'가 '개새끼 낳는다'로 읽힌다. 세월이 좆같고 썹 같다. 아프가니스탄에서 테러가 일어나고, 가자지구에선 이스라엘 새끼들이 웃고, '점령하라'에 나갔던 젊은이들은 모조리 감옥으로 가고, 홍콩 민주화를 외치던 깃발에 불이 붙는다. 바다로 간 아이들은 돌아오지 않고, 광화문에서 청계천까지 노란 리본이 휘날리고, 남에서 북으로 삐라를 날리고, 북에서 남으로 총알을 보내고, 낙동강에선 괴물 쥐가 어슬렁대고, 제3한강교 밑에선 큰빗이끼벌레가 녹차를 마신다. 에볼라가 붉은색 장미처럼 웃는다.

　바야흐로, 아름다운 시절이다. 아동 교육비 최고, 저출산율 최고, 노인 빈곤율 최고, 자살율 최고, 빈부 격차 최고, 얼씨구, 기록 풍년이다. 단식 농성 최고, 공권력 남용 최고, 간첩 조작 최고, 법인세 감면 최고, 황혼 이혼 최고, 절씨구, 사는 게 지랄이다. 전화 감청 영장 최고, 사생활 침해 최고, 개인 정보 유출 최고, 기업 친화 정책 최고, 독서 빈곤율 최고, 비정규직 증가 최고, 잘한다, 죽여준다, 끝내준다, 낙하산 인사 최고, 핸드폰값 최고, 간접세율 최고, 중산층 감소 최고, 언론 자유 순위 하락 최고, 전셋값 폭등 최고, 권력에 빌붙기 최고, 약한놈 짓밟기 최고, 옳거니, 이게 우리네 민낯이다.

오빠 참 착해 보여, 여기 첨이지, 내가 잘해줄게, 걱정 마요, 나 스물두 살이야, 오빠, 꼭 장동건이 같다, 아니, 엑소 오빠 같다, 도경수 몰라? 귀엽고 잘생겼잖아, 난 나중에 그런 남자랑 사랑하고 싶어, 하루에 세 번씩 섹스하고 싶어, 오빠, 우리 지금 할래? 아, 냐, 나 미성년자 아니라니까, 가을 원피스 하나만 사줄래? 그럼 잘해주께, 다음에 또 와도 나랑 해, 응? 여기서 내가 제일 영계야, 얼마나 인기가 많은데, 오빠니까 특별 서비스 해준다, 그런데 오빠, 돈 많아? 난 돈 많은 남자가 좋더라, 안 되는 게 없잖아, 씨발, 돈만 있으면 세상이 아름답잖아, 시간 끌지 말고 빨랑 해, 좆도.

4

후일담

아프리카 어떤 부족은, 사람이 죽어도 그 영혼은 살아 있
다고 믿는다.
그를 기억하는 사람 머릿속에 함께 살아가다, 그들이 모
두 죽으면 그때서야 진짜로 죽는다고 한다.

지금 내 몸속에는 누가 살고 있나.
그렇구나, 할아버지, 할머니, 어머니는 아직 살아 계신 것
이다.
젊은 나이에 간 규선이도 있고, 장례식에 못 가본 은사님
도 아직은 내 곁에 있다.

고향 마을 뒷동산에서 잡았던 참새도, 썰매 송곳을 만드
느라 베어낸 노간주나무도 아직은 살아 있다.
베란다에서 말라비틀어진 참죽꽃도, 생사불명의 아버지
도, 아프간에서 쓰러진 검은 눈망울의 아이도, 죽은 것이
아니다.

이러다 내가 가면
그래, 그제야 모두 함께 떠나겠구나.
나 혼자 가는 게 아니구나.

내 몸에 깃든 모든 존재들이여, 그러니, 슬퍼할 것 없겠다.
나는 죽어도, 나를 기억하는 이, 세상에 서넛 둘 하나 남

아 있을 때까지, 그때까지는 죽은 것이 아니다. 우리 모두
  생의 끈을 풀 때까지.

팔월의 정원

꽃이 환하네요, 어머니, 개망초인지 애기망초인지, 뜨거운 여름빛에 새하얗게 부서져요, 저기 산나리인지 땅나리인지, 노랗게 웃는 애들도 있어요, 이게 다 어머니 얼굴이면 좋겠어요.

아범아, 내 생전에 화단 가꾸길 좋아했잖니, 여기는 온 산천에 꽃이 지천이구나, 망초 나리 쑥대 칡꽃도 피었네, 푸른색 붉은색 흰색 보라색으로, 이만하면 혼자 사는 정원이 호사스럽구나.

텅 빈 건 외로운 거니까, 여기 자주 못 오는 거, 탓하시는 거, 다 알아요, 꽃뿐인가요, 닥나무 뿌리도 슬며시 어머니 산소 밑동까지 닿았는걸요, 죄송해요, 올 추석에도 동생은 못 올 거라 하던데.

어디 사는 일이 녹록하겠니, 며느리 손자 다 잘 있겠지만, 그리고 아범아, 생전에 부르던 대로 '엄마'라고 해봐라, 오늘은 여기 무덤가에 우리 둘뿐이구나, 둘만으로도 꽉 찼구나.

망초 몇 점 남겨둘까요, 밭둑을 넘어와 토실하게 맺힌 호박도, 그냥 둘게요, 엉겅퀴는 자색 꽃이 예뻐서, 엄마 좋아하시지만, 뽑아내야겠어요, 남이 보면 벌초도 안 했다 흉볼 거 같아요.

벌써 해가 기울었네, 늦기 전에 그만 돌아가렴, 아범아, 난 여기서 시간 많고 심심하니, 밤새 내가 다 뽑으마, 나리와 산수국 두 줄은 세워둘게, 난 무성한 게 좋은데, 아범 욕먹을라.

시월 어느 날

뜰에 가지런히 둘러 심은 국화마다 햇살이 소복이 쌓였습니다. 빨강도 노랑도 가을을 받아내는 농담이 조금씩 달라, 사뿐 지르밟은 꽃 자국마다 볼우물처럼 시간이 괴었습니다. 안개 멎듯 가을 걷히면 색을 떨치고 겨울로 들겠지만, 이 어룽거린 흔적은 철을 넘겨 고요하게 굳어가겠지요. 제 몸을 불지른 저 빛은 결코 사라지지 않고, 당신이 저세상에서 가꾸는 화원에서 여전히 반짝일 겁니다. 너무 멀어 닿지 않거나 아주 작아 띄지 않아도, 한몸으로 다시 피어날 겁니다.

벽

저 속에는 침묵이 박혀 있다.
묵은 사연들이 화석처럼 잠겨 있다.
입을 잃었지만 말을 잊은 건 아니어서
그 소리는 저절로 소리를 낸다.
붉은 핏줄도, 음모도, 검은 연결 고리도
없었던 것이 되지 않는다.

가만 귀기울이면 노래가 들린다.
변명이거나 항명이거나
진흙에 머리를 박고 그 틈새로
몇 줄의 신호가 울린다.
덮으려 할수록 기록은 깊어지고 단단해져
끝내 정곡에 닿는다.

하루살이

겨우 하루라고?

하루살이목에 속하는 곤충은 전 세계적으로 2500여 종. 민물에서 1년이나 애벌레로 지내다, 성충으로 우화한 뒤 1~2주일 정도 산다. 애벌레일 때는 작은 먹이를 잡아먹지만, 성충이 되면 입이 퇴화되어 겨우 수분만 섭취한다. 학명은 그리스어로 '에페메라' 즉 '그날 하루'라는 뜻이고, 한자어로는 '부유(蜉蝣)'라고 부른다.

그러니까 하루살이는 하루를 사는 게 아니다.
하루를 열흘처럼, 혹은 열흘을 하루처럼 마음대로 늘이고 줄이는 것,
아침 이슬과 함께 생을 시작해
햇살 펴지면 청춘의 짝을 찾고, 점심 지나기 전 초례청으로 하객을 부르겠지.
오후 하루가 기우는 걸 느끼며 잠시 회억에 잠기기도 하지만
사이사이
새끼도 까고 유망 종목에 투자도 하고 잘되면 정계에도 진출하고
음모와 배신에 얽혀 피눈물도 흘리고
드라마처럼 출생의 비밀이 복잡한 자식을 낳고
서로 싸우고 지지고 볶고, 그러다가

다시, 사이사이   —

가끔은 아프리카 난민에게 후원금도 보내고, 동냥과 적선
이랄 건 못 되지만

청계천이나 시청 광장에 금요촛불집회에도 가겠지.

운 좋으면 중산층으로 늙어 만수를 누리다 죽기도 하겠지.

그러나 어쩌면 아침 열시쯤 청운의 꿈을 접고 요절하는
자도 있겠지.

열흘을 버티든 백년을 견디든, 그렇게 끝나는 목숨들.

많은 죽음 위에 낙엽처럼 쌓이는 더 많은 죽음들.

흔적조차 남지 않은

하루살이들.

체

막걸리를 담그려다 체에 걸린다.

술 익으면 지게미 걸러야 할 텐데, 도대체 체를 파는 곳이 없다. 시장 이쪽에도 없고 저쪽에도 없다, 상하이에도 없고 아바나에도 없다.

없다.

그 많던 체는 누가 다 채갔을까.

체 게바라가 죽으면서 송두리째 사라진 걸까, 명조체에서 고딕체로 글꼴 바꾼 뒤 지워진 걸까, 그곳이 아니라면 지금 여기는 어디일까.

있으면서 없는 체하는 걸까.

곳간 시렁에 매달려 있던, 곱디고운 가루만 걸러주던, 하얀 가루 아래 작은 산을 곱게 쌓던, 술 익자 장수가 지나가며 팔던, '친다'고 해야 친근해지는, 자꾸 가까워지고 뭉쳐서 단단해지는,

그래서 우리 과거-현재-미래를 곱게 치대던,

세상 모든 사라진 것을 호명하는.

체를 찾아 거리를 헤맨다.

술이 익어 나눔의 살이 될 때까지, (나눈다고? 뭘? 길은 열두 갈래로 갈라져도 좋소!) 사라진 어제의 흔적을 쫓아 천천히 내일에 이르기까지. 체라는 이름이 닳고 닳아 나달

나달해질 때까지.

꼭 뭐에 체한 것 같다.

꽃이 경계를 넘는다

목숨은 길마다 몸을 풀어놓는다, 콩새들이 허공에 금을 긋는 것이 묵은 유언을 집행하기 위함이듯, 망초풀이 봄마다 강둑을 물들이는 것도 천근 바람을 새기기 때문이다. 그렇게, 당신과 나 사이가 기억조차 아득해졌다, 다시, 몸을 포갤 만큼 가까워졌다, 다시, 손 한번 잡아보지 못한 채 돌아섰다, 이제, 소용없다, 그곳 주소까지.

만 년 전 씨앗이 오늘 새로 움을 틔웠다, 곧, 그렁그렁 눈물 같은 흰 꽃 매달 것이다, 우리가 다졌던 서원들도, 어김없이 반역이 되어 흔(痕)을 남길 것이고, 그것은 DNA에 적힌 밀지가 되어, 다시 만 년 뒤로 넘어갈 것이다, 가슴 미어지지만, 향기까지 적셔 훗날을 기약한다면 나, 미욱해도 좋다, 당신 있던 자리, 그대로.

흰 눈에 대한 의혹

강원도에 대설 소식이다,
어성전 심우당 주인 머리 위에도 석 자는 내렸겠다.

눈이라고? 어떻게? 무슨 말인가 하고 싶지만, 그것을 어
떻게 말해야 할지 잘 모를 때, 그러니까 개념은 있으나 그것
에 썰 언어가 구체적인 글자나 소리로 즉각 다가오지 않을
때, 이유는 두 가지이다. 모호한 이데올로기가 순간적으로
변해서 불확정적이기에, 그것을 잡았다고 판단하는 순간,
이미 그것은 과거의 치졸한 문장 속으로 들어가버리고, 끊
임없이 새로운 공허를 내게 파도인 양 밀어내기 때문이다.
아니면, 그 불가해한 반죽 덩어리는 적시하고자 하는 것과
는 근본적으로 다른 것인데, 마치 선험의 틀인 것처럼 조롱
하고 조종하며 조절하려고 들기에, 거기에 무의식적으로 저
항을 느끼기 때문이다.

순간순간의 사건이 눈처럼 녹으면서
당신 길고 긴 생애를 질질질질질질질질질질 끌고 간다.
그런데도 쌓이는 것이 없다.
거짓처럼 하얗다.

사랑도 없이

사랑 없이도
태양은 여름을 붉게 태우고
서어나무 잎사귀를 더욱 단단히 뭉친다.
사랑 없이도 개미는 풍뎅이를 잡아 집으로 끌고 가고
자동차는 속도위반으로 달린다.
사랑 없이도
잠자리는 바닷가를 날다 그늘에 쉬고
오래 끌던 파업은 중단된다.

사랑 없이도
비버는 나뭇가지로 둑을 쌓는다.
사랑 없이도
월곶에선 망둥이가 갯벌을 산책하다가
낚시꾼들을 비웃듯 폴짝 뛰어오른다.
사랑 없이도
모텔은 밤마다 환히 불을 켜고
오늘 부른 배가 내일은 부르지 않고
사랑 없이도
죽은 것들은 오래 지속된다.

사랑 없이도
도도새는 멸종된다. 그런데도
미래는 곧 과거가 된다.

밤의 노래

허공에 금을 긋는다.
본래 새들이 다니던 길이었으나
당신이 거기 있다, 이 밤

색(色)을 지우고
껍질을 벗기고
황홀하게 당신 속살을 핥아먹으면서

뜨거워지고 싶다.
새들이 기록한 비의(秘意)의 문장들을 모조리
불태우고 싶다.

소리들

겨울 산에서 만난 나무들은 모두 악기였다.
언 하늘로 창창한 소리를 뽑아내는 관악기뿐 아니라
제 무딘 몸통을 두드리는 타악기도 있다.

아주 시끄러웠다.
바람 불 때마다 가지를 비벼 음음 신음하는 자도 있고
검객의 칼날처럼 허공을 긋는 순간 모든 존재를 정지시키
는 자도 있고,

나무에서 나무로
나무에서 풀벌레 알 잠 속으로
나무에서 눈 발자국 사이로,

고요히 퍼지고 있다.
내 무딘 귓밥으로도 소리들이 벌레처럼 기어들어와
온몸을 훑어내린다.

나무는 나중에 제 갈 길을 다 아는 듯하다.
어떤 자는 아궁이의 불쏘시개가 되어 탁탁 타오를 것이고
어떤 자는 식탁이 되어 밥그릇을 툭툭 건드리며 고픈 배
를 만져줄 것이고
어떤 자는 죽창이 되어 혁명군의 외침에 얹힐 것이고
어떤 자는 목불이 되어 게송을 읊을 것이고,

저 소리와
그 소리와
이 소리가
겨울 산에 하얗게 깔려 있다.

무거운 섹스

당신 말랑말랑한 살에
내 단단한 살을 사정없이 밀어넣고
볼트와 너트를 죈다.

풍선처럼 부푼 당신 젖가슴
꾹 누르자 당신의 열기가 내 몸으로 밀려와
내 엉덩이가 팽팽히 부푼다.
이번엔 내 엉덩이
꾹 누르자 온 우주가 당신을 향해 일제히 몰려가
당신 가슴이 탱탱해진다.

밀고 당기는
두 시간의 뜨거운 엉킴 후
테이프 다 돌아가고 영화도 끝나고
세상은 다시
텅 빈다.

행방불명

아이오와 시에서 시다래피즈까지 가려면
80번 고속도로에서 218번으로 갈린다고 나와 있다.
디모인까지는 80번으로 계속 3시간 걸린다고 나와 있다.
데이본포트는 아이오와-일리노이 사이에 걸린
미시시피 강 양편에 다정히 붙은 도시라고 나와 있다.
옛날 찾아가본 적 있는 한니발로 다시 가려면
27번 타고 내려가다 61번으로 바꾸어 3시간쯤 걸릴 것 같
다고
마일 수 더해 계산하면 그렇게 나와 있다.
이 지도에는 없는 게 없다.
도시와 호수와 숲과 강이 있고
사람 발자국과 딱정벌레와 박새 울음소리가 있다.

이 지도에서
당신을 찾는다, 그대
어디 있는가.

서어나무 숲에 간다

이쪽이야
건너뛸 수 있겠어?
그럼 거기 그냥 있어.

옷깃 새로 칼바람이 스몄다.
돌아보자 그는 숲을 배경으로 정물처럼 멈추었다.
그렇게 그는 서 있다.

일설에 의하면
중국 쪽에서 씨앗이 천 리를 날아왔다 한다.
바다 건너 자리잡고 여린 싹을 틔워 숲이 되기까지
또 천년은 족히 견뎌냈을 터이다.

거기 뭐가 있어?
여긴 너무 무섭고 이상해,
그만 돌아와.

물결 지난 갯벌엔 게들이 써놓은 상형문자
숲의 언어는 예언이며 대화였다.
그리움에 찢어진 내 편지도
이젠 돌아갈 수 없는 불안한 발걸음도 적혀 있다.

붉은 해가 순식간에 수평선에 빨려들자

바다가 진저리를 친다.

이제 그만 가야 해,
우리
가야 해.

십 년 그리고 영원을 위한 하루

서쪽 하늘을 본다.
어스름에 밀려 싸라기 같은 햇살이 가늘게 흩어질수록
빛은 오히려 먼 곳까지 길을 낸다.
참 오래 걸어왔다.
하구에서 불어온 바람이 북한강을 거슬러 가슴을 칠 때
까지
빗살무늬로 갈라지는 물결을 본다.
우리 생이 갈라지듯
저녁 어둠이 소금 안개에 섞여 가라앉는다.

일단 여기서 멈춰야 한다.
즐거웠던 기억과 아프고 여린 상처들이 드러날 때
중년의 고갯길에 새겨넣은 풍경들을 지워야 한다.
망초도 피었다 지고
흰 꽃도 우리 생살을 덮었다 사라지듯,
쓰린 곳을 쓰다듬던 손길도 이젠 거두어들여야 한다.
나를 위한 오늘 하루가 당신의 영원에 끝내 닿지 못한다
해도
우리가 선 곳이 하나의 스밈이라 해도.

연필로 쓴 편지처럼, 혹은
어둠 속의 외침처럼 우린 만나고 헤어졌다, 하루 그리고
십 년,

그러니 우린 수백 번도 더 섞였겠다.

수천 번도 더 서로의 심장을 움켜쥐고 피 흘렸겠다.

강이 보이는 창 넓은 집

어둠 밖에 당신 서 있다.

우린 이제 저 검은빛을 밟고 가야 한다.

영원의 끝에서 다시 만날지, 묻지 말아야 한다.

정한용   1958년 충주에서 태어났다. 1980년 중앙일보 신
춘문예에 평론이 당선되고, 1985년『시운동』에 시를 발표하
면서 작품 활동을 시작했다. 시집『얼굴 없는 사람과의 약
속』『슬픈 산타 페』『나나 이야기』『흰 꽃』『유령들』, 평론
집『지옥에 대한 두 개의 보고서』『울림과 들림』등이 있다.

— 문학동네시인선 078
거짓말의 탄생
ⓒ 정한용 2015

— 초판 인쇄 2015년 11월 28일
초판 발행 2015년 12월 10일

지은이 | 정한용
펴낸이 | 염현숙
책임편집 | 김민정
디자인 | 수류산방(樹流山房)
본문 디자인 | 유현아
마케팅 | 정민호 나해진 이동엽 박보람
홍보 | 김희숙 김상만 한수진 이천희
제작 | 강신은 김동욱 임현식
제작처 | 영신사(인쇄) 경원문화사(제본)

펴낸곳 | (주)문학동네
출판등록 | 1993년 10월 22일 제406-2003-000045호
주소 | 413-120 경기도 파주시 회동길 210
전자우편 | editor@munhak.com
대표전화 | 031) 955-8888
팩스 | 031) 955-8855
문의전화 | 031) 955-3576(마케팅), 031) 955-8861(편집)
문학동네카페 | http://cafe.naver.com/mhdn

ISBN 978-89-546-3873-9 03810
값 | 8,000원

www.munhak.com

문학동네